D1749770

Heide-Renate Döringer

Seide

Mythen - Märchen - Legenden
Gesponnene Geschichten entlang der Seidenstraße

© 2013 Heide-Renate Döringer
Alle Rechte vorbehalten

Buch- und Umschlaggestaltung
Manfred Brand, Berlin

Herstellung und Verlag
BoD - Books on Demand, Norderstedt
ISBN 978-3-73-225402-6

Bibliografische Informationen
der Deutschen Nationalbibliothek
www.dnb.de

Für Valerie, Benet, Ella, Sanne und Marie

Inhalt

Vorwort	9
Einleitung: Die Seidenstraße	15
1. Der legendäre Ursprung der Seide	17
2. Der Maulbeerspinner und seine "Göttliche Raupe"	29
3. Vom Seidenfaden zum seidenen Gewand	41
Die Spinnerei – Die Weberei – Die Stickerei	
4. Pioniere auf dem Weg nach Westen	57
Zhang Qian – Faxian – Xuanzang	
5. Der Handel mit Seide und Pferden	75
6. Der lange Weg der Seide von Ost nach West	87
Durch Wüsten, Oasen, Königreiche und Metropolen	
Die große Mauer – Ein Weltwunder	89
Das Jadetor – Das Tor der Dämonen	93
Dunhuang – Eine Schatzkammer östlicher Kunst	97
Loulan – Die im Sand Versunkene	110
Turfan – Die Perle der Wüste	117
Kutscha – Die Oase der tausend Klöster und Stupas	120
Khotan – Ein Ort voller Jade und Seide	125

Kashgar – Das Tor zum Westen	131
Kirgisistan – Die Heimat der Hirten	137
Samarkand – Ein Märchen aus 1001 Nacht	141
Buchara – Die Heilige	150
Bagdad – Die Stadt der Kalifen	156
Konstantinopel – Das Tor zwischen Asien und Europa	158
Bursa – Die Wiege der türkischen Seidenproduktion	161
7. Die Mongolen	163
8. Pioniere auf dem Weg nach Osten Marco Polo – Ibn Battuta	165
9. Der Seeweg der Seide oder Die Maritime Seidenstraße	177
10. Die Seidenproduktion in Europa Italien – Frankreich – Deutschland	183
11. Chinesische Seide im Wechsel der Zeiten Die Schwesternschaft der Seidenmädchen	203
Nachwort	210
Zeittafel	212
Quellenverzeichnis	215
Autorenportrait	221

Vorwort

Dieses Buch handelt von Seide und folgt einer etwas anderen Seidenstraße als der allgemein bekannten: Sein erläuternder Text gleicht einem feinen, aber festen Faden, an welchem Mythen, Märchen und Legenden flattern. Sie erzählen von der Seide und ihrer Geschichte seit dem historischen Ursprung von vor rund 5000 Jahren bis ins 20. Jahrhundert. Die Schilderungen begleiten nicht nur die geschichtliche Entwicklung der Seidenproduktion, sondern auch den Weg des kostbaren Gewebes von China bis nach Europa.

So reiste ich diesem Seidenfaden folgend, meistens mit Hilfe von Büchern, entlang der alten Handelsroute und begegnete dabei den unterschiedlichsten Volksgruppen, deren Leben schon seit Jahrtausenden von dem wunderbaren Stoff „Seide" berührt wurde. Die Literatur zum Thema „Seidenstraße" ist äußerst vielseitig und umfangreich, denn Wissenschaftler, Forscher, Abenteurer und Weltenbummler, welche die Route bereisten, schrieben ausführlich und so interessant darüber, dass ich oft nahe daran war, den Faden zu verlieren. Meine gezielten Nachforschungen brachten mich jedoch immer wieder zum Thema zurück.

Während meiner dreimonatigen Lehrtätigkeit an der Fremdsprachenuniversität in Xi'an, Provinz Shaanxi, hatte ich Gelegenheit, die chinesische Kultur näher kennen zu lernen. Hier bestaunte ich das sogenannte „Tor zur historischen Seidenstraße", ein Monument mit riesigen Kamelen, die den Blick nach Westen richten. Dabei versuchte ich mir vorzustellen, was sie dort wohl erblickten, denn noch wusste ich nichts von der Wüste Taklamakan und von Karawansereien.

Im Geschichtsmuseum der Provinz Shaanxi bewunderte ich die prachtvollen Kostüme aus Seide und die Kunstfertigkeit der chinesischen Stickerinnen. Bei der großen Wildganspagode hörte ich schließlich zum ersten Mal von Xuanzang, dem Pilgermönch, der auszog, die buddhistischen Sutren in Indien zu studieren, und ahnte nicht, dass ich ihm einige Jahre später bei meinen Erkundungen über die Seide wieder begegnen würde.

Die Recherchen führten mich auf zum Teil weite Reisen zu Ausstellungen und Museen. In China besuchte ich die wunderschönen Städte Suzhou und Hangzhou, die seit altersher Zentren der Seidenindustrie sind. Historischen Quellen zufolge verstanden die Menschen hier schon vor mehreren tausend Jahren Seidenraupen zu züchten, Seidenfäden abzuhaspeln sowie Seidenstoffe zu weben. Nach der Kulturrevolution begann man von offizieller Seite aus wieder die Künste zu fördern und sich auf Kultur und Tradition zu besinnen. So rückte auch die historische Bedeutung der Seide wieder in den Mittelpunkt des Interesses. 1991 wurde in Suzhou ein Seidenmuseum eröffnet, in dem die Herstellung von Seide und deren Entstehungsgeschichte veranschaulicht werden und wo auch Funde von antiken Seidenstoffen zu besichtigen sind. In dieser Stadt gibt es heute noch einen Tempel zu Ehren der Seidenraupen, der während der Qing-Dynastie (ca. 1827) erbaut wurde, und im Stadtteil Shengze befindet sich ein Tempel zu Ehren der Seidengöttin Lei Zu.

In der altehrwürdigen und geschichtsträchtigen Stadt Hangzhou errichtete man das Nationale Chinesische Seidenmuseum, das 1992 erstmals von der Bevölkerung besichtigt werden konnte. Vor dem fächerartig geformten Gebäude am Fuße des Jade-Frühlingsberges erhebt sich inmitten eines Springbrunnens die riesige weiße

Figur der Seidengöttin. Das Museum, auf einem Areal von 12000 Quadratmetern errichtet und mit einer Ausstellungsfläche von über 6000 Quadratmetern, ist das größte Seidenmuseum der Welt. Hier kann man alles über die Seidenherstellung (Serikultur) erfahren und uralte Fundstücke bewundern. Auch ein Stück Seide, das aus dem Grab Nr. 1 in Mawangdui stammt, von dem später noch die Rede ist, wird hier gezeigt. Dieses Kunstwerk lag mehr als 2000 Jahre unter der Erde und erscheint heute noch so schön und glänzend wie damals, als es begraben wurde.

Das dritte Seidenmuseum in China, das ich besuchte, ist erst seit März 2012 eröffnet und befindet sich in der Stadt Daliang in der Provinz Guangdong. Nur durch Zufall kam ich im April 2012 hierhin. Ich hatte eine Studentin der Fremdsprachenuniversität in Guangzhou engagiert, die mit mir nach Shunde fahren sollte, wo noch ein Schwesternhaus der Seidenmädchen, deren Geschichte ich am Ende des Buches erzähle, erhalten ist. Sharpey, meine kluge Führerin, besorgte ein Auto mit Fahrer, und wir fuhren zwei Stunden bis zu dem angegebenen Ort. Dort schlenderten wir durch eine enge, stille Gasse, bis Sharpey schließlich an eine unauffällige Holztür klopfte. Glücklicherweise erschien in dem Spalt der sich öffnenden Tür ein altes Gesicht, und Sharpey, die den Dialekt der Gegend spricht, erklärte den Zweck unseres Besuches. Freundlich wurden wir hereingebeten und von zwei 84 und 85 Jahre alten Frauen begrüßt. Es dauerte nicht lange, da kam auch noch eine 94jährige alte Dame dazu. Wir durften uns in dem Anwesen umsehen und entdeckten im Erdgeschoss mehrere Räume mit Altären, vor denen Opfergaben aufgebaut waren. Die Zimmer im Obergeschoss enthielten kein Mobiliar und bestätigten, was die alten Frauen berichteten, nämlich, dass die noch lebenden zehn Seidenmädchen der Gegend nun in einem Altenheim wohnen. Die Lebensgeschichten der drei Anwesenden glichen sich. Jede von ihnen hatte bis zum 14. Lebensjahr in einer Seidenfabrik gearbeitet, war dann als Haushaltshilfe nach Singapur gegangen und im Alter nach China zurückgekehrt. Die Frauen machten einen sehr glücklichen und zufriedenen Eindruck und freuten sich über die unvorhergesehene Abwechslung in ihrem wohl eher eintönigen Tag.

Nachdem wir das Anwesen verlassen hatten, erklärte Sharpey, dass sie am Morgen im Internet von einem neu eröffneten Seidenmuseum in dieser Gegend gelesen habe, und fragte, ob wir dorthin fahren sollten. Natürlich war ich begeistert, und nach einstündiger Fahrt fanden wir ein wunderschönes, kleines, liebevoll gestaltetes Museum, umgeben von Maulbeerbäumen und Fischteichen. Unter den Exponaten befand sich ein Bericht (leider nur in chinesischen Schriftzeichen) über die Seidenmädchen und daneben Fotografien von genau den Frauen, die wir gerade eben besucht hatten. Welch ein Glücksfall!

Im Herbst 2012 unternahm ich eine längere Reise durch den Indischen Ozean, während der ich mehrere Inselstaaten und Länder besuchte. Dabei war mir stets bewusst, dass ich mich auf der ehemaligen „Maritimen Seidenstraße" befand, und so suchte ich nach Spuren. Im nationalen Museum der Malediven, das sich in der Hauptstadt Malé befindet, fragte ich nach Exponaten. Hier schickte man mir netterweise einen Historiker, der mir zwar Auskünfte über den Gewürzhandel, jedoch nicht über den Seidenhandel geben konnte. Aber im indischen Bundesstaat Kerala traf ich auf Zeugnisse früher chinesischer Seefahrer: Mit riesigen Auslegerfischernetzen chinesischer Art wird bis heute hier Fischfang betrieben.

Auch in Deutschland gibt es Gelegenheit, auf den Spuren der Seide zu reisen. So durchforschte ich mit meinem älteren Bruder das Museum für Ostasiatische Kunst in Köln und lauschte seinen Erzählungen von Begegnungen mit Menschen an der Seidenstraße, auf der er als Rucksacktourist vor einigen Jahren allein unterwegs war. Auf dieser Reise besuchte er unter anderem die Turfan-Oase, und seine Schilderungen machten mich neugierig auf das Asiatische Museum in Berlin-Dahlem, wo die berühmte Turfan-Sammlung zu sehen ist. Es handelt sich hierbei um Fundstücke, die der Indologe Albert Grünwedel und der Turkuloge Albert von LeCoq von vier Expeditionen mitbrachten, die sie Anfang des 20. Jahrhunderts an die nördliche Seidenstraße führten.

Seit dem Ende der Kulturrevolution suchen internationale Wissenschaftler in China wieder verstärkt nach Zeugnissen der Vergangenheit, und die neuen Funde sind oft atemberaubend. Es war mir vergönnt, in Hongkong im Dezember 2012 an einer Veranstaltung der Hongkong University Gesellschaft teilzunehmen, in deren Mittelpunkt Dr. Susan Whitfield stand. Dr. Whitfield ist Direktorin der British Library in London und leitet „The International Dunhuang-Projekt". Das sogenannte IDP ist eine bahnbrechende internationale Zusammenarbeit, um Informationen und Bilder von allen Manuskripten, Gemälden, Textilien und Artefakten aus Dunhuang und weiteren archäologischen Stätten der östlichen Seidenstraße im Internet frei verfügbar zu machen und ihre Verwendung durch Bildungs- und Forschungsprogramme zu fördern. Als Expertin auf dem Gebiet der archäologischen Funde an der Seidenstraße berichtete Dr. Whitfield an diesem Abend von Expeditionen und Ausgrabungen am Rande der Wüste Gobi, an denen sie selbst teilgenommen hat.

Meine Recherchen zur Seide führten unweigerlich dazu, dass ich sehr viel über die Völker entlang des Weges und deren Geschichte erfuhr. So habe ich deshalb auch Anekdoten, Legenden, Erzählungen und Textausschnitte eingefügt, die nicht explizit etwas mit Seide zu tun haben, die aber die damalige Welt und die Anschauungen der Menschen verdeutlichen.

Die Besuche in Ausstellungen und Museen faszinierten und inspirierten mich, Reisen und Literatur führten mich in ferne Länder und erweiterten meinen Horizont; Gespräche mit Experten beflügelten mich, das Auffinden und Ausgraben der Geschichten aber war der schwierigste und beglückendste Teil meiner Reise auf den Spuren der Seide.

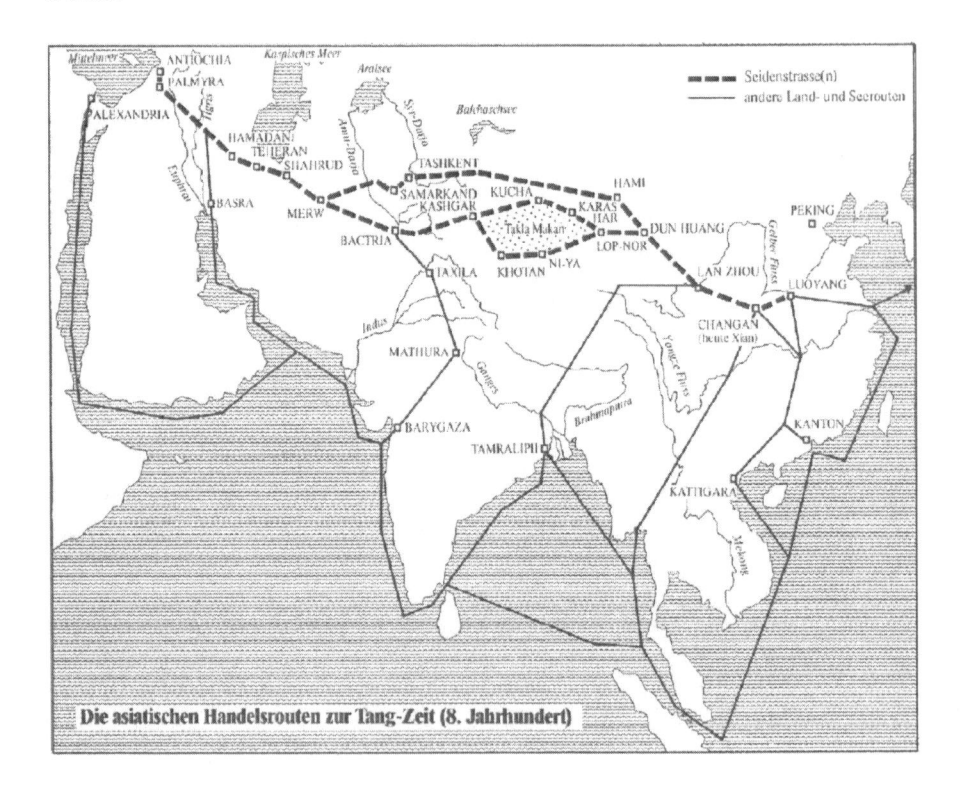

Die asiatischen Handelsrouten zur Tang-Zeit (8. Jahrhundert)

Einleitung

Die Seidenstraße – das ist ein Sammelbegriff für ein Konglomerat von 10000 Kilometer langen, verzweigten Karawanenwegen durch chinesische Salzsümpfe, durch Steinwüsten und wandernde Sandberge am nördlichen Himalaja vorbei in Richtung Kaspisches Meer oder Schwarzes Meer – immer weiter nach Westen bis nach Vorderasien, Afrika und Europa und umgekehrt.

Jahrhundertelang war dieser Name mit Bildern, Gerüchen und Lauten aus fernen Ländern verbunden und hat Fernweh geweckt. In Traumwelten schaukelten Kamelkarawanen entlang schneebedeckter Berge den Oasen entgegen, nachdem sie Wüsten durchquert, Hunger und Durst sowie Überfälle reitender Banditen überstanden hatten. Die Reise war lang, beschwerlich und gefährlich und konnte Jahre dauern. Wohl deshalb erschienen die erreichten Karawansereien und Oasen als Paradiese. In den Städten entlang der Reisewege herrschte ein Stimmengewirr beim Handel mit exotischen Waren aus Ost und aus West. In den Basaren gab es Juwelen und Gold, Salz, Wolle und Leinen, aber ganz besonders lockte die Seide. Schon seit dem 5. Jahrhundert v. Chr. erweckte dieses luxuriöse, geheimnisvolle Produkt die Begehrlichkeit, auch wenn der Name „Seidenstraße" erst Ende des 19. Jahrhunderts von dem deutschen Geographen Ferdinand von Richthofen (1833–1905) geprägt wurde, zu einer Zeit, als dieser sagenumwogene Handelsweg seine Bedeutung schon lange verloren hatte.

Die Seidenstraße war also nicht nur **ein** Weg, sondern es führten viele verschiedene Routen von China nach Westen, durch

Städte wie Samarkand, Bagdad, Konstantinopel, und einige reichten gar bis Venedig und Moskau. Die ersten Karawanen reisten mit Ballen blasser Seide und Garnen nach Westen und zurück kehrten die Händler mit Waren, die man in China noch nie zu Gesicht bekommen hatte und von deren Herkunft man nichts wusste. Jahrhundertelang lebten China und die westliche Welt in Unkenntnis voneinander, und dieses Nichtwissen ließ die Phantasie blühen. Die Römer, zum Beispiel, kannten nur Baumwolle, und einige waren deshalb überzeugt, die von ihnen so begehrte Seide wüchse auf Bäumen oder sie würde von Paradiesvögeln zurückgelassen. Die Chinesen hingegen, analog zu ihren Erfahrungen mit der Seidenraupe, nahmen an, Baumwolle würde von einem Tier produziert, und sie erfanden deshalb ein Fabeltier, das sogenannte „Gemüselamm", das des Nachts aus der Erde spross und dessen Nachkommen Baumwolle herstellten.

So reisten die Waren von Ost nach West und von West nach Ost, sie gingen dabei durch viele Hände und einen weiten Weg. Wen wundert's, dass man Geschichten erzählte?

1. Der legendäre Ursprung der Seide

In China ist die Entstehung der Seide sagenumwogen, und entsprechend der Wichtigkeit dieses Produktes gibt es die unterschiedlichsten Volksmärchen und Legenden. Einige dieser Ursprungsgeschichten sind auch heute noch wohlbekannt, andere sollen in Erinnerung gebracht werden.

Der Gelbe Kaiser erhält ein himmlisches Geschenk

Vor rund 4000 Jahren herrschte in China der Gelbe Kaiser, der Urvater aller Chinesen. Eines Tages hielt er wie üblich zu Beginn der Pflanzzeit eine offizielle Zeremonie ab, als sich plötzlich der Himmel öffnete und ein wunderschönes Mädchen herabschwebte. Sie trug in einer Hand ein Bündel leuchtend gelber Seide und in der anderen ein Bündel silberner Seide. Beide Bündel überreichte sie dem Kaiser. Der Herrscher war entzückt und befahl sofort, aus dem Material ein leichtes Gewand zu schneidern. Dieses trug er von nun an bei allen offiziellen Anlässen. Das himmlische Wesen wurde daraufhin vom Volke als „Göttin der Seide" verehrt.

Auch die folgende Geschichte bringt die Entstehung der Seide mit dem Urvater in Verbindung:

Die göttliche Raupe

Eines Tages errang der mythische Gelbe Kaiser einen großen Sieg. Als er von der Schlacht in die Hauptstadt zurückkehrte, empfing ihn auf dem Balkon seines Palastes die göttliche Raupe. Sie überreichte ihm einen Ballen Stoff, den sie selbst gewebt hatte. Zur großen Überraschung der Kaiserin Lei Zu war der Stoff leicht wie eine Wolke und glatt wie Wasser. So etwas Exquisites hatte noch niemand zuvor gesehen. Li Zu war neugierig und schnell fand sie einen Weg, das wunderbare Gewebe selbst herzustellen. Mit weiblicher Intuition zog sie eigenhändig Raupen auf, kümmerte sich wie eine Mutter um sie und gab ihnen die Blätter jenes Baumes zu fressen, auf dem die göttliche Raupe gelebt und gearbeitet hatte. Lei Zu behielt ihr Wissen nicht für sich, sondern lehrte das Volk und wurde deshalb fortan als Seidengöttin verehrt.

Um Seide zu produzieren, bedarf es zuerst der Seidenspinnerraupe. In der chinesischen Mythologie handeln unzählige Geschichten von der Entstehung dieses Tieres. Eine der Legenden wird im Volksmund so weitergegeben:

Ts'an Nü

Im Königreich Shu (221-263), zur Zeit von Kao Hsing Ti, entführte eine Bande Räuber den Vater von Ts'an Nü. Ein ganzes Jahr verging und vom Vater keine Spur. Während all dieser Zeit stand des Vaters Pferd im Stall, so wie er es zurückgelassen hatte.
Der Gedanke, ihren Vater nie mehr wiedersehen zu können, machte Ts'an Nü so traurig, dass sie alles Essen verweigerte. Die Mutter tat, was sie nur konnte, um das Mädchen zu trösten, und schließlich versprach sie der Tochter, dass sie den Mann heiraten könne, der ihren Vater zurückbringen würde. Doch es fand sich niemand, dem das gelang.

Auch das Pferd hatte das Angebot gehört. Nun begann es zu wiehern und zu stampfen und gebärdete sich so toll, dass das Halfter riß. Frei geworden, galoppierte der Gaul eiligst davon. Einige Tage später geschah es, dass der Vater auf dem Rücken seines Pferdes reitend zurückkam. Die Familie war überglücklich, doch das Pferd wieherte ununterlassen und rührte kein Futter mehr an, wie frisch es auch war. Immer, wenn das Tier das junge Mädchen sah, schlug es wild aus. Da gestand die Mutter dem Vater, was sie versprochen hatte. Der Mann wurde sehr wütend und sprach: „Ein Angebot für einen Menschen gilt nicht für ein Tier!" In seinem Zorn nahm er einen Pfeil und erlegte das Pferd. Gleich zog er ihm die Haut ab und breitete diese im Hof zum Trocknen aus. Als das Mädchen daran vorbeikam, erhob sich das Fell, schlang sich um ihren Körper und flog himmelwärts. Zehn Tage später wurde das Fell am Fuße eines Maulbeerbaumes gefunden. Ts'an Nü hatte sich in eine Seidenraupe verwandelt und knabberte an den Maulbeerbaumblättern. Dabei spann sie sich ein seidenes Gewand.

Die Eltern waren verzweifelt, doch eines Tages, als sie voller Trauer auf der Bank vor ihrem Hause saßen, erschien am Himmel eine Wolke. Darin ritt Ts'an Nü auf einem Pferd, begleitet von mehreren Dutzend Dienerinnen. Sie stieg zu Vater und Mutter hinunter und sprach: „Der höchste Herrscher hat mich für mein Martyrium, meine Tugendhaftigkeit und meine Ehrerbietung den Eltern gegenüber belohnt. Er ernannte mich zur Konkubine der Neun Paläste. Macht euch bitte keine Gedanken über mich und meine Zukunft. Im Himmel werde ich ewig leben." Dann erhob sich die Wolke und schwebte davon.

Ts'an Nü verehren die Menschen in den Tempeln als „Ma-t'ou Niang" (Die Dame mit dem Pferdekopf). Ihr Bildnis ist mit einem

Pferdefell bedeckt und mit einem Pferdekopf ausgestattet. Man bittet sie auch heute noch um gesunde Seidenraupen und Maulbeerbäume.

Ein Volksmärchen zum gleichen Thema gibt weder Namen an noch macht es Zeitangaben, es stimmt aber mit dem Motiv des hilfreichen Pferdes, dem Versprechen und der Verwandlung des Mädchens in eine Raupe überein.

Das undankbare Mädchen

Einmal, vor unendlich langer Zeit, ging ein Mann auf Reisen und ließ seine junge Tochter und sein Pferd zu Hause zurück. Das Mädchen kümmerte sich um das Tier, aber sie fühlte sich sehr einsam und vermisste ihren Vater. Eines Tages sprach sie im Spaß zu dem Pferd: „Weißt du was, Pferd, wenn du mir meinen Vater nach Hause zurückbringen könntest, würde ich dich heiraten."

Das Pferd hörte die Worte und rannte sofort aus dem Hof. Nach mehreren Tagen erreichte es den Vater. Wie freute sich der Mann, als er sein geliebtes Pferd erblickte. Das Pferd jedoch wieherte nur traurig und drehte sein Haupt in die Richtung Heimat. Bei sich selbst dachte der Vater: „Warum benimmt sich das Pferd so seltsam? Vielleicht ist zu Hause etwas nicht in Ordnung?" Schnell stieg er auf und ritt heim.

Die Tochter war überglücklich, dass ihr Vater wieder zu Hause war, und stimmte mit ihm in der Ansicht überein, dass sein Pferd besonders klug und anhänglich sei. Sie erzählte ihm jedoch nicht, dass sie dem Tier die Ehe versprochen hatte. Der Bauer kümmerte sich nun noch mehr um das Pferd, striegelte sein Fell, bis es glänzte, und brachte ihm das beste Futter. Erstaunlicherweise nahm das Tier aber von ihm nichts an und nur, wenn die Tochter vorbeiging, wieherte es und ließ sich füttern. Da musste das Mädchen dem Vater von dem Versprechen erzählen. Dieser war keineswegs erfreut, und damit die Sache ein Ende hatte, nahm er Pfeil und Bogen und tötete das Tier. Anschließend zog er ihm das Fell ab und legte es in den Hof zum Trocknen.

Später am Tag spielte das Mädchen mit seinen Gefährtinnen im Hof. Da sah es das Fell des Pferdes auf der Erde ausgebreitet. Sie sprang hinzu und hüpfte und trampelte darauf herum, dabei rief sie: „Was fällt dir ein, du Biest, ein menschliches Wesen heiraten zu wollen? Du hast nichts anderes verdient, als geschlachtet zu werden."

Da erhob sich das Fell, wickelte sich um das Mädchen und flog mit ihm in Windeseile davon. Die Freundinnen konnten nichts tun, um ihr zu helfen. Als der Vater zurückkam, hörte er vom Verschwinden seiner Tochter. Er suchte sie überall, aber vergebens. Nach einigen Tagen entdeckte er, dass sich der in das Pferdefell gewickelte Körper seiner Tochter in eine weiche, langsam kriechende Raupe verwandelt hatte. Die Raupe schüttelte ihren Kopf, der dem eines Pferdes glich, und spuckte dann einen weißen, schimmernden Seidenfaden aus ihrem Mund.

Die Leute nannten die Raupe „Seidenraupe" und den Baum, dessen Blätter das Tier fraß, „Maulbeerbaum". Das Mädchen wurde später die Göttin der Seidenkultur.

Wie die Seidenraupe dann genutzt wurde, beschreiben ebenfalls Legenden, die teilweise höchst einfallsreich sind.

Die Erfindung der Seidenkleidung

Zu Urzeiten kleideten sich die Menschen in Felle und flochten sich Überwürfe aus Pflanzenfasern. Leizu, die Ehefrau von Huangdi, war für die Kleidung aller verantwortlich und wanderte täglich mit ihrem Gefolge in die Wälder, um Material zu sammeln. Eines Tages wurde sie vor Übermüdung krank und mochte nichts mehr essen. Der Kaiser und der ganze Hofstaat waren voller Sorge. Da machten sich die Frauen allein auf in die Wälder, um Beeren zu sammeln, die den Appetit der Kaiserin anregen sollten. Es dunkelte schon, und sie hatten immer noch nichts gefunden. Zufällig kamen sie in einen Maulbeerwald und entdeckten dort an den Zweigen der Bäume unzählige weiße Früchte. Schnell sammelten sie alle ein, glaubten sie doch etwas Köstliches gefunden zu haben. Zu Hause war die Enttäuschung jedoch groß. Als sie die Früchte kosten wollten, stellten sie fest, dass man nicht in sie hineinbeißen konnte und dass sie keinen Geschmack hatten.

Da schlug ein Minister vor, die Beeren zu kochen. Die Frauen fanden die Idee gut, erhitzten Wasser, warfen die Beeren hinein und ließen sie kochen. Aber als sie eine herausfischten, mussten sie feststellen, dass sie immer noch hart war. Schließlich wurde es einer der Frauen langweilig und sie rührte mit einem Stöckchen im Topf. Da hängten sich unversehens viele kleine Fäden an das Holz, und als sie den Stock rollte, wickelten sich die Fäden um ihn herum. Schnell bekam er eine weiche Hülle. Die anderen Frauen sahen fasziniert zu und versuchten es ebenfalls.

Am nächsten Morgen erzählten sie Leizu von ihrem ereignisreichen Tag und ihrer Entdeckung. Die Kaiserin wurde neugierig und ließ sich gleich das Stöckchen bringen. Ihre zarten

Finger befühlten vorsichtig die weißen Teilchen und das Gespinst. Dann sprach sie: „Dies sind keine Beeren zum Essen, aber der Faden kann uns nützlich sein. Ich muss das genau untersuchen und darüber nachdenken!"

Schon bald ging es Leizu besser und sie folgte ihren Frauen in den Wald. Dort beobachtete sie mehrere Tage lang die Maulbeerbäume und entdeckte, wie aus dem Mund der kleinen Tierchen ein weißer Faden quoll. Da überlegte sie, dass man aus vielen solchen Fäden ein schönes Tuch herstellen könne und dass mehrere solcher Tücher den Körper ganz zart umhüllen würden. Voller Begeisterung berichtete sie Huangdi von ihren Überlegungen und er stimmte ihr zu. Sofort befahl er seinen Soldaten, den Maulbeerwald zu schützen, und sorgte dafür, dass neue Maulbeerbaumplantagen angelegt wurden.

(Nach einer Erzählung von Frau Li)

In vielen Geschichten wird die Kaiserin, die aus dem Klan der Xiling stammte, „Lei Zu" genannt. Das Schriftzeichen „Lei" bedeutet „"rau", „Feld" und „Seidenfaden" und „Zu" heißt „Vorfahr oder „Ahnin". So ist es wahrscheinlich, dass dieser Name erst später der Kaiserin zugeordnet wurde, als sie als Göttin für ihre Verdienste um die Seidenherstellung gewürdigt wurde. Lei Zu war nach Nüwa, der Gattin des legendären Kaisers Fu Xi, die bedeutendste Frau im chinesischen Reich, da sie angeblich die Seidenproduktion entwickelte.

Laut Konfuzius hieß die Kaiserin Xiling Shi, und sie begegnete der Raupe im kaiserlichen Garten.

Die Kaiserin Xiling Shi (2640 v. Chr.), dargestellt mit Körben voller Seidenraupen

Bildliche Darstellung der Seidenkönigin aus Feltwell, The Story of Silk, S. 7

Die kluge Kaiserin

Es geschah zu Zeiten des ersten Kaisers Huang Di, etwa 2698 bis 2598 v. Chr., dass die frisch gepflanzten Maulbeerbäume abstarben. Da beauftragte der Kaiser seine Ehegattin, die Ursache zu ergründen. Die kaiserliche Ehefrau Xiling Shi begab sich mit ihren Hofdamen in den Garten und sammelte unzählige fingerlange Raupen von den jungen Blättern des Maulbeerbaumes ein. Dabei geschah es, dass ein Kokon in ihre Tasse, die mit heißem Tee gefüllt war, fiel. Als sie den Kokon herausfischte, entrollte sich dieser und Xiling Shi hatte plötzlich einen langen, fast durchsichtigen Faden in der Hand, den sie um ein Ästchen spulte. Nun war ihre Neugier geweckt und sie begann, das Verhalten der Raupen zu beobachten. Dabei entdeckte sie eines Tages, wie man Seidenraupen züchten und den herrlichen Faden produzieren kann. Ihre Erkenntnisse behandelte Xiling Shi als Geheimnis, und ein Dekret des Kaisers verbot bei Todesstrafe, Raupen, Eier oder Stecklinge des Maulbeerbaumes außer Landes zu bringen.

In folgender Legende wird die erste Ehefrau von Kaiser Huangdi „Si Ling" genannt, und auch sie entdeckt die Raupe, als sie sich im Garten befindet.

Eines Morgens wandelte Si Ling, die erste Frau des Gelben Kaisers, im Palastgarten. Plötzlich schlängelte sich eine giftige Schlange vor ihr über den Pfad. Si Ling war zu Tode erschrocken und flüchtete auf den nächsten Baum. Während sie nun dort oben ausharrte, fiel ihr Blick auf eine Seidenraupe, die gerade ihren

Kokon spann. Die Kaiserin dachte darauf bei sich: „Wie schön und duftig muss wohl ein Gewand aus diesem feinen, weißen, glänzendem Faden sein!" Schnell wickelte sie den Faden auf ein Ästchen und nahm ihn mit nach Hause. Von nun an ruhte sie nicht eher, bis sie herausgefunden hatte, wie man die Seidenfäden nutzen und verarbeiten könne. Schließlich erfand sie sogar den Webstuhl, und von diesem Zeitpunkt an konnten die herrlichsten Stoffe gewebt werden und die Herrscher kleideten sich in kostbare Gewänder.

Im Gegensatz zu den vielfältigen Legenden, die sich um die Seidenkaiserin ranken, weisen archäologische Funde aus dem 20. Jahrhundert auf den Entwicklungsstand der Seidenproduktion und die Verwendung des edlen Materials schon in vorchristlicher Zeit hin. Wunderbare, reichhaltige Seidenschätze wurden in zwei Gräbern, denen von Mashan und Mawangdui, geborgen. Das Mashan-Grab ist das ältere der beiden und stammt aus der mittleren oder späteren Periode der Streitenden Reiche (475-221 v. Chr.). Irmgard Timmermann schreibt in ihrem Buch *Die Seide Chinas*, S. 221 f:

Man fand es in der Nähe einer Ziegelei in der Provinz Hubei, dort, wo in vergangenen Zeiten die belebte Hauptstadt der Zhou-Könige an einer strategisch wichtigen Nordsüdverbindung lag. Das Gräberfeld vor den Toren der längst verfallenen Stadt umfasste 700 Gräber, in denen die Königsfamilie und die Aristokratie beigesetzt waren. Schon das Grab Nr. 1, das als einziges geöffnet wurde, barg neben Bronzegefäßen, Lack- und Bambusarbeiten einen kunstvoll geflochtenen schwarz-roten Fächer, wie man ihn in solcher Vollendung bisher nicht kannte, und vor allem erstaunliche Textilien.

Der verstorbenen Dame waren vier Holzfiguren als Dienerinnen mitgegeben, deren Gewänder nicht gemalt, sondern aus tiefroter Seide genäht waren. Das Aufregendste war, dass man erstmalig eine ganze Sammlung, ja geradezu Garnituren von Kleidungsstücken entdeckt hatte. Im Sarg lagen unter einem Bambuszweig und einer gröberen braunen Seidendecke Blusen aus einfacher Seide, aus Gaze und Brokat, dazu Röcke, Mützen, Schuhe und große Bettdecken aus Seidenbrokat, die zusätzlich mit reichen Mustern überstickt waren. Bald stellte sich heraus, dass man die am besten erhaltenen bestickten alten Kleidungsstücke Chinas gefunden hatte.

In dem Dorf Mawangdui, nahe bei Changsha, in der heutigen Provinz Hunan, entdeckten Archäologen 1972 ein Grab mit ebenfalls erstaunlich gut erhaltenen Gegenständen. Dieses Grab wird einer gewissen Xin Zhui, Marquise von Dai, zugeordnet, die um das Jahr 160 n. Chr. beigesetzt wurde. In ihrer Grabkammer befand sich ein Seidengemälde, das heute als eines der wichtigsten Kunstwerke des antiken China gilt. Der Körper der Dame war in mehrere Lagen seidener Kleider gehüllt, die horizontal mit neun Seidenbändern zusammengehalten wurden. Ihr Begleitpersonal bestand aus 162 hölzernen, bemalten Figuren, von denen 18 ebenfalls mit seidenen Gewändern, denen ihrer Herrin gleich, bekleidet waren. Man entdeckte außerdem 46 Ballen Seidenstoff, daneben aus Seide gefertigte Röcke, Socken, Fäustlinge und Schuhe, seidene Duftsäckchen, Spiegelfutterale und Hüllen für andere Grabausstattungsgegenstände sowie ein Seidenkissen. Neben schlichten Seidentaften fand man Gaze in den Farben Braun, Grau, Zinnoberrot, Dunkelrot, Purpur, Gelb,

Blau, Grün und Schwarz. Manche Seidenstoffe waren bemalt, andere zeigten gewebte Muster. Historisch besonders bedeutend waren 30 Seidenstücke, auf denen man 120 000 Schriftzeichen erkennen konnte und drei auf Seide gemalte Landkarten, welche die Topografie, die Stationierung von Truppen und Städte in verschiedenen Regionen Chinas zeigten. Einige der Ausgrabungsstücke sind heute im Museum Mawangdui in Changsha zu besichtigen.

2. Der Maulbeerspinner und seine „Göttliche Raupe"

Der chinesische Philosoph und Vertreter der Konfuzianischen Schule Xun Zi (ca. 312 – 230 v. Chr.) hat vor rund 3000 Jahren folgende Lehrparabel geschrieben:

Da gibt es ein Wesen, das oft geisterhafte Verwandlungen durchmacht. Sein Nutzen erstreckt sich über den ganzen Erdkreis, und es bietet Schmuck für alle Generationen... Nur durch Hingabe seiner selbst vollbringt es seine Leistung. Die Menschen wissen es zu nutzen, während die Vögel ihm nachstellen

Wir wissen, dass es sich bei diesem Wesen um den Maulbeerspinner (Bombix mori), einen mehlweißen Falter mit einer Flügelspanne von 32-38 Millimetern, handelt. Der Lebenszyklus verläuft folgendermaßen: Im Frühsommer erfolgt die Paarung und kurz danach legt das Weibchen etwa 300 bis 500 Eier auf die bevorzugten Maulbeerbäume. Erst nachdem der Winter vergangen ist, schlüpfen aus diesen Eiern die Seidenraupen, die Larven des Seidenspinners, und nun beginnt eine Zeit intensiver Arbeit. Im frühen China war die Seidenraupenaufzucht ausschließlich Sache der Frauen. Der aufwändige Prozess war genau reguliert, und es ist überliefert, dass er folgendermaßen ablief: Im Frühjahr wurden die Eier mit lauwarmem Wasser besprüht und anschließend in eine Brühe aus Kräutern und Maulbeerasche getunkt. Danach zogen die Frauen sie durch klares Wasser, bürsteten sie ab und massierten sie zwischen zwei Fingern.

In einem alten Arbeitslied wird darauf Bezug genommen:

Wenn am Tor der Wind durch die Weiden streicht
und im Bergbach die pfirsichblütenfarbene Flut rauscht,
dann gibt es im Dorf Wein und ein junges Lamm,
drinnen im Frauengemach badet man den Samen der
Seidenraupen.
(Le Gengzhitu, *Le livre du riz et de la soie*)

Sobald der kühle Abend anbrach, deckten die Frauen die Eier mit noch körperwarmen Kleidern zu und am Morgen desgleichen mit den schlafwarmen Nachtdecken. Sobald die Zeit des Schlüpfens kam, breiteten sie die Eier auf Matten in gut klimatisierten, strengsauber gehaltenen Räumen aus. Die geschlüpften Seidenraupen brauchten ständige Zuwendung. Sie wurden jede halbe Stunde mit kleingeschnittenen Blättern von Maulbeerbäumen gefüttert, die nur von Frauen gepflückt worden waren, die ihre Hände sorgfältig gereinigt hatten. Es bestand der Glaube, dass Raupen sich vor Männern ekelten. Die Seidenspinnerraupe wurde wie eine Prinzessin behandelt und galt den alten Chinesen auch als solche. Man erzählt sogar, dass sich die Pflegerinnen der Raupen bis auf die Haut auszogen, um die Temperatur und die Luftfeuchtigkeit im Raum genau kontrollieren zu können. Sie unterhielten sich in Gegenwart der Raupen nur flüsternd und gingen auf Zehenspitzen. Auch durften die Frauen nichts Blähendes zu sich nehmen, vor allem keine Bohnen oder in Öl gebratenes Fleisch. Parfüm, Essig oder übelriechende Dinge waren ebenso verboten, und während Schwangerschaft und Menstruation konnten die Frauen den Raum nicht betreten. Keinesfalls durfte die Raupe mit Metall oder

Zugluft in Verbindung kommen, denn man glaubte, davon würde sie krank. Auch heute noch ist man vorsichtig im Umgang mit den Raupen. Da Mäuse die Feinde der Seidenraupen sind, kleben die Bauern einen Holzschnitt mit Katzenmotiv auf den Boden der für die Seidenraupenzucht bestimmten flachen, runden Bambuskörbe. Alle Familien halten sich Katzen und man sagt: Egal ob schwarz oder weiß – Hauptsache die Katze fängt Mäuse!

Der bekannte zeitgenössische chinesische Dichter Mao Dun beschreibt in seiner Erzählung über die Seidenraupen im Frühling, „Spring Silkworms", das entbehrungsreiche Leben der Seidenbauern während der politischen und ökonomischen Stürme der frühen dreißiger Jahre des letzten Jahrhunderts. Die Familie des alten Bauern Tong Bao ist genau wie die anderen Familien im Dorf von einer guten Kokonernte abhängig, und jedes Familienmitglied setzt sich bis zur Erschöpfung ein. Mao Dun schildert sehr bildlich, wie die Schwiegertochter Tong Baos die Eier mit ihrem eigenen Körper wärmt beziehungsweise ausbrütet.

Am nächsten Tag untersuchte Asis Frau die Eier abermals. Ha! Nicht wenige nahmen eine grüne Farbe an und was für ein glänzendes Grün! Sofort erzählte sie es ihrem Ehemann, dann dem alten Tong Bao, anschließend A Duo und sogar ihrem Sohn Klein Bao. Nun konnte der Inkubationsprozess beginnen. Sie hielt die fünf Tücher, an denen die Eier klebten, gegen ihren nackten Busen. Als ob sie einen Säugling umarmte, saß sie absolut still und wagte nicht mehr sich zu bewegen. Am Abend nahm sie die fünf Tücher mit zu Bett, und ihr Ehemann war verbannt und musste mit A Duo das Bett teilen. Die kleinen Seidenspinnereier kratzen auf ihrer Haut.

Sie fühlte sich glücklich und ein bisschen furchtsam, so wie damals, als sie zum ersten Mal schwanger war und das Baby sich in ihr bewegte. **Genau das gleiche sensationelle Gefühl!**

Kaum aus den Eiern geschlüpft, verlangten die Seidenspinnerraupen nach Futter, und schon bald fand man heraus, dass sie sich mit Blättern vom weißen Maulbeerbaum am besten entwickelten. Wo aber gab es Maulbeerbäume zu Zeiten von Huangdi, dem Gelben Kaiser? Ursprünglich ging man davon aus, dass der Herrscher aus der Provinz Shandong stammte, und zwar aus einem Ort nur drei Kilometer nordöstlich von Qufu, der späteren Geburtsstadt von Konfuzius. Dies war die berühmte Gegend der „Tausend Maulbeerbäume von Qi und Lu", die im „Buch der Lieder", der ersten chinesischen Gedichtsammlung aus vorchristlicher Zeit, als „Land der Maulbeerbäume" bezeichnet wurde. Ein moderner chinesischer Geschichtsforschernamens Zhang Qiyun glaubt jedoch aufgrund neuerer archäologischer Funde, dass die Clans der Familien Huangdi und Xiling in der Provinz Henan, nahe der Funiu Berge und der Stadt Kaifeng beheimatet waren. Das ist auch die Gegend, in der ein spezieller Falter heimisch ist, aus dessen Kokon Wildseide hergestellt wird. (Boulnois S. 53) Die wilden Raupen fressen unterschiedliche Blätter und spinnen deshalb auch Kokons in unterschiedlichen Farben, wie zum Beispiel cremefarben, steinfarben, honigfarben oder dunkelbraun. Beim Verlassen seines Seidenkokons schneidet der Seidenspinnerschmetterling ein Loch in den Kokon. Dadurch werden die Fäden der Wildseide kürzer, dicker und unregelmäßiger. Die Oberfläche der Wildseide ist deshalb nicht glatt, sondern uneben mit Erhebungen und kleinen Knoten.

Weitere wichtige Zentren der Seidenproduktion und somit auch der Maulbeerbaumplantagen lagen in der Küstenprovinz Jiangsu.

Diese Provinz ist tiefgelegen und es befindet sich hier auch das riesige Mündungsdelta des Yangzi. Da man für die Seidenproduktion viele Maulbeerbäume brauchte, musste Land trockengelegt, d.h. Sumpfgelände in Maulbeerland umgewandelt werden. Eine Legende erzählt davon:

Maku

Im zweiten Jahrhundert lebte als Inkarnation eine Fee namens Maku. Sie war eine Zauberin, die es gut mit den Menschen meinte und ihnen wohlgesonnen war. Als sie bemerkte, dass den Bauern Land fehlte, gelang es ihr, dem Meer einen großen Teil abzugewinnen, der zur Küste von Jiangsu wurde. Die ehemals großen Seen und Sümpfe verwandelte sie in einen einzigen Maulbeerhain.

In einer anderen Inkarnation geriet sie mit ihrem Vater in Streit, da sie seinen Arbeitern helfen wollte. Sie musste ins Gebirge fliehen, wo sie als Einsiedlerin hauste.

Seidenraupenzucht, Maulbeerhaine und Fischzucht bildeten ein geschlossenes System. Das Land, auf dem die Maulbeerbäume wuchsen, wurde künstlich erhöht, dabei hub man gleichzeitig Fischteiche aus. Im Winter holte man den Schlamm aus den Teichen und düngte damit die Maulbeerbäume. Das Laub der Bäume ernährte die Raupen und deren Abfall und Ausscheidungen wiederum die Fische – ein fruchtbarer Kreislauf, und so verwundert es nicht, dass gerade in wasserreichen Gebieten viele Maulbeerbaumhaine angelegt wurden. In jener Zeit kam es jedoch in Jiangsu öfters zu Überschwemmungen. Tao Qian Yuanming (gest. 427), ein berühmter Dichter, der sich nach kurzer Beamtenkarriere als Landmann zurückgezogen hatte, klagt darüber:

*Am Ufer des langen Stromes pflanzte ich Maulbeerbäume
und hoffte in drei Jahren zu ernten.
Als die Zweige gerade zu grünen begannen,
änderte der Fluss seinen Lauf.
Äste und Blätter wurden zerstört,
Wurzeln und Bäume trieben ins blaue Meer.*
**Was soll nun die Seidenraupe im Frühling fressen,
und womit soll ich mich im Winter kleiden?
Hätte ich damals auf einer Anhöhe gepflanzt,
dann müsste ich jetzt nichts bereuen.**

In späteren Jahrhunderten richteten die Herrscher besonderes Augenmerk auf die Seidenproduktion. So regelte zum Beispiel Kaiser Xuanzong während seiner Regierungszeit (712-756) die Landverteilung folgendermaßen: Jeder Bauer erhielt für seinen Hof 100 mu (1 mu = ca. 667 m^2) Land, von denen 20 mu erblich waren und 80 mu dem Niesnutz gehörten. Auf dem erblichen Teil mussten Maulbeerbäume gepflanzt werden, damit bei einer eventuellen neuen Landverteilung der Maulbeerbaumbestand erhalten blieb und die Nahrungsversorgung der Maulbeerspinner gewährleistet war.

Zu Beginn der Seidenkultur erntete man noch von voll ausgewachsenen Bäumen. Diese Arbeit war nicht immer leicht, aber die Bauern verkürzten sich die Zeit, indem sie Lieder sangen. Dem Gedicht „Im siebten Monat" aus dem oben erwähnten „Buch der Lieder" entstammt dieses Volkslied, das schon zu Konfuzius' Zeiten bekannt gewesen sein soll:

*Wenn der Frühling sich erwärmt,
Wenn die Goldamsel ihren Gesang erhebt,
Nehmen die jungen Leute große Körbe
Und gehen hinauf auf schmalen Pfaden,
Die zarten Blätter des Maulbeerbaums zu sammeln.
Im dritten Monat sammeln wir die Maulbeerblätter,
Haben Beil und Axt und Sichel,
Um die langen Zweige oben im Baum abzuschneiden
Und die zarten Blätter zu Büscheln zu binden..."*

Das dichte Blattwerk der Maulbeerbäume eignete sich zuweilen als gutes Versteck für Liebende oder zu geheimen Treffen. Eines dieser Treffen ist in die Geschichte eingegangen.

Belauscht

Es geschah im Jahre 636 vor Christus zur Regierungszeit von König Wen von Jin in der heutigen Provinz Shandong. Eine junge „Raupenmutter" aus dem Gefolge der Königin saß in der dichten Krone eines Maulbeerbaumes und pflückte Blätter für die nächste Fütterung der Raupen. Da hörte sie plötzlich herannahende Schritte und verhielt sich ganz still. Genau unter ihrem Ast trafen sich zwei Männer, die sich flüsternd unterhielten. Was der jungen Frau zu Ohren kam, ließ ihr fast das Blut in den Adern stocken. Hier wurde eine Revolte gegen den König geplant.

Sobald die Männer sich wieder entfernt hatten, kroch die Frau vom Baum herunter und rannte so schnell sie konnte zum

Palast, wo sie der Königin das Gehörte berichtete. Der Herrscher konnte Maßnahmen ergreifen und so den Umsturz verhindern.

Maulbeerlaubernte im Baum, Darstellung auf einem alten Bronzegefäß aus der Zeit der Streitenden Reiche (475 -221 v. Chr.)

  Als die Seidenproduktion immer größere Ausmaße annahm, züchtete man Maulbeerbäume, die nur noch knapp mannshoch waren. Sie boten eine gute Übersicht und ihre Blätter konnten ohne Hilfe von Leitern und Stöcken abgeerntet werden.

  Der Prozess der Seidenherstellung ist über die Jahrhunderte der gleiche geblieben. Sorgsam behütet und aufgepäppelt erreichen die Raupen innerhalb eines Monats das 8000fache ihres Geburtsgewichts. Während dieser Zeit häuten sich die Raupen viermal, und im alten China hieß es, die Raupen müssten vier Tode überstehen. Sobald die wurmartigen Tiere ungefähr acht Zentimeter lang sind, beginnen sie eine Hülle, den Kokon, um sich zu spinnen, indem sie aus ihren beiden Spinndrüsen den Seidenfaden (Fibroin) und den Seidenleim (Sericin) herauspressen. Im Innern des Kokons verpuppt sich die Raupe und 14 Tage später verwandelt sich die Puppe in einen Falter, der aus dem Kokon schlüpft. Es dürfen aber nur wenige Falter schlüpfen, da bei dem Prozess der Kokon zerbricht und der lange Seidenfaden zerstört wird. Deshalb wird ein Großteil der Kokons vorher eingesammelt und mit heißer Luft erhitzt, damit die Puppen sterben. Dann wirft man die Kokons in kochendes Wasser, so dass sich der Leim löst und sie weich werden. Anschließend kann der Faden vom Kokon abgewickelt werden. Ein Faden erreicht eine Länge von 500 oder 600 Metern bis zu zwei Kilometern. Fünf bis acht dieser Fäden werden gebündelt und ergeben dann einen Seidenfaden, der gesponnen, gewebt und gefärbt werden kann. Dieser Faden ist weich, geschmeidig, fein, glatt, leicht und trotzdem so fest wie Stahldraht. 95 Prozent aller Seide gehören in diese Kategorie. Zur Herstellung eines Pfundes Seide benötigt man 25.000 Kokons. Die toten Larven werden natürlich weiter verwendet. In Usbekistan füttert man die Hühner damit, und in China erzählt man, dass junge Chinesinnen sie verspeisen in der Hoffnung, ihre Brüste würden sich dadurch vergrößern.

Die detaillierte Beschreibung der aufwändigen Seidenherstellung und der Wert des Produktes machen verständlich, dass das Geheimnis gehütet werden musste, und es ist uns heute fast unverständlich, wie das den Chinesen über Jahrtausende hin gelang. Selbst die Kinder waren verschworene Mitwisser, und ein historisches Märchen erzählt davon:

Ein Fremder auf der Seidenstraße
oder
Die schwatzhafte kleine Song Sun

Sun war die Tochter eines wohlhabenden Seidenhändlers, ein aufgewecktes, hübsches junges Mädchen, dessen Mund nie still stand. Eines Tages sollte sie zusammen mit ihrer jüngeren Schwester Ki einen mit wertvoller Seide beladenen Wagen zum Markt bringen. Dort wollte ihr Vater die kostbare Ware an Reisende verkaufen.

Unterwegs sah Sun plötzlich einen Reiter auf sich zukommen. Beim Näherkommen erblickte sie einen jungen Mann, der seidene Kleider trug und der sein schwarzes Haar wie einen Pferdeschwanz auf dem Kopf zusammengebunden hielt. Bei den Mädchen angekommen stoppte er sein flinkes Pferd, grüßte freundlich und fragte nach ihrem Wohin. Sun war glücklich, einen neuen Gesprächspartner gefunden zu haben, und gab bereitwillig Auskunft. Sie plapperte und plapperte und merkte dabei gar nicht, dass der Fremde sie geschickt über die Seide und deren Herstellung ausfragte. Stolz auf ihr Wissen und ohne daran zu denken, dass es bei Todesstrafe verboten war, das Geheimnis preiszugeben, erzählte sie von den Seidenraupen, ihren Eiern und den Maulbeerblättern. Schließlich verabschiedete sich der Fremde und galoppierte mit seinem Pferd, dem seltsamerweise der Schweif fehlte, davon.

Nachts dachte Sun über die Begegnung nach, und plötzlich wurde ihr klar, was sie angerichtet hatte. Sie überlegte: „Ich muss den Fremden finden, bevor es zu spät ist!" Als sie zum Fenster hinausschaute, sah sie einen Reiter auf einem schwanzlosen Pferd. „Dieb", schrie sie so laut sie konnte, doch der Mann drehte sich nur lachend um und hielt eine Hand voll sich windender Raupen in die Höhe.

Sobald es dämmerte, sprang Sun zum Stall, schnappte sich ihres Vaters Pferd und jagte wortlos durch das Dorf. Der Nachbar Zhang wollte wie gewöhnlich ein Schwätzchen mit ihr halten, doch Sun sprach nicht. Da bestieg er sein eigenes Pferd und folgte dem

Mädchen. Er rief allen Leuten auf der Straße zu: „Sun spricht nicht!", und als diese das hörten, schlossen sie sich ihm an. In wildem Galopp ging es bis zur großen Mauer und Sun glaubte schon verloren zu haben, da entdeckte sie den Flüchtigen. Nun öffnete sie um ersten Mal seit Stunden ihren Mund und schrie: „Haltet den Dieb! Er hat das Geheimnis der Seide gestohlen!"

Der Fremde wurde umzingelt und bei dem Gerangel fiel eine Perücke zu Boden, die wohl aus dem Pferdeschweif hergestellt war. Auf seinem Kopf kringelten sich zum Erstaunen aller blonde Locken, und blaue Augen starrten furchtvoll die zornige Meute an. Die Verfolger wollten den Dieb töten, doch Sun schlug vor, ihr Vater solle das Strafmaß bestimmen.

Der weise Seidenhändler sprach: „Fremder, da du Seide so liebst, sollst du hier bei mir bleiben und für mich arbeiten. Deine Strafe wird sein, dass du nie mehr aus diesem Dorf fortgehen kannst!"

Später werden wir erfahren, wie das Geheimnis dann doch noch verraten wurde.

Während in China die weißen Maulbeerbäume kultiviert wurden, gab es im Mittelmeerraum vorwiegend Maulbeerbäume mit dunkelroten Früchten. Der römische Dichter Ovid (43 v. Chr.-17 n. Chr.) wusste noch nichts von der Bedeutung der Maulbeerbäume für die Seidenproduktion, als er in seinen Metamorphosen eine Legende schrieb, die erzählt, wie der weiße Maulbeerbaum sich in den roten verwandelte. Es ist die Geschichte der beiden Liebenden Pyramus und Tisbe.

Die Verwandlung

Einst wuchsen in Babylon der prächtige Pyramus und die schöne Tisbe als Nachbarskinder auf. Beide verliebten sich ineinander und hätten gerne geheiratet, aber die verfeindeten Eltern verboten diese Verbindung. Pyramus und Tisbe trafen sich des Abends heimlich an einem Riss in der Mauer zwischen den Grundstücken und schmiedeten Fluchtpläne. Sie beschlossen, sich an der Grabhöhle des Ninus in der Nähe einer Quelle am weißen Maulbeerbaum zu treffen.

Tisbe war die erste, die an dem Baum, der voller weißer Früchte hing, ankam. Als sie so wartete, erschien eine Löwin mit blutverschmiertem Maul, die nach einem festlichen Mahl ihren Durst in der Quelle stillen wollte. Tisbe erschrak und versteckte sich in der Höhle. Auf ihrer Flucht rutschte ihr der Schleier von der Schulter. Die Löwin fand ihn und spielte damit. Ihr verschmiertes Maul hinterließ blutige Spuren.

Nun erschien Pyramus, und als er den blutigen Schleier entdeckte, glaubte er, Tisbe sei einem Raubtier zum Opfer gefallen. In der Überzeugung, er trage Schuld an dem schrecklichen Geschehen, stürzte er sich in sein Schwert. Das Blut spritzte aus der Wunde und färbte die eben noch weißen Maulbeerbaumfrüchte dunkelrot.

Als Tisbe annahm, die Löwin sei fort, schritt sie aus der Höhle und fand den sterbenden Pyramus. Da ergriff sie das Schwert und setzte auch ihrem Leben ein Ende. Zuvor aber sprach sie: „Du Baum, bewahre die Zeichen des Blutes und trage als Zeichen des Todes immer dunkle, der Trauer angepasste Früchte, als Andenken an zweifach vergossenes Blut!" Die Bitte rührte die Götter, denn die Farbe der Früchte, sobald sie reiften, war fortan schwarz.

3. Vom Seidenfaden bis zum seidenen Gewand

Um vom Seidenfaden zum glänzenden Gewand zu kommen braucht es mehrere Schritte. Der erste Schritt ist **die Spinnerei** oder das Abhaspeln zum endlosen Webfaden. Echte Seide ist der Faden, den man erhält, wenn die einzelnen Fäden mehrerer Kokons abgehaspelt und miteinander verdrillt werden. Hierbei ergibt sich die Möglichkeit, die Stärke der Seidenfäden genau zu bestimmen. So wurden schon vor 3000 Jahren Seidenfäden für unterschiedlichste Zwecke hergestellt, z. B. für Bogensehnen, für Angelschnüre und vor allem für Musikinstrumente.

Auch wenn die Kaiserin Lei Zu als Erfinderin der Seidenraupenzucht angesehen wird, soll schon zweihundert Jahre vor ihr der legendäre Kaiser Fu Xi (um 3000 v. Chr.) ein Musikinstrument erfunden haben, das aus Holz und Seidenfäden bestand: die Qin.

Fuxi und die erste Qin

Der Gott Fuxi war ein Wohltäter der Menschheit. Zuerst brachte er das Feuer zur Erde, damit die Menschen heizen und kochen konnten. Dann erfand er das Netz und die Angelschnur (beides aus Seidenfäden), damit die Bauern fischen konnten. Schließlich überlegte er, dass die Leute auch Freude haben sollten, und er schenkte ihnen ein Musikinstrument. Das kam so:

Eines Tages wanderte Fuxi durch einen Wald und suchte nach einem besonderen Holz. Plötzlich bemerkte er, dass von Venus, Jupiter, Mars und Saturn eine Essenz vom Himmel fiel, geradewegs auf einen bestimmten Baum. Gleichzeitig war die Luft von einem herrlichen Duft erfüllt und es erklang eine wunderschöne Musik. Mit den Wolken schwebte ein wunderschöner Vogel herbei, der sich auf dem Baum niederließ. Es war ein Phönix und in Windeseile sammelten sich alle anderen Vögel des Waldes und ließen sich auf den Nachbarbäumen nieder, um dem Phönix Ehre zu erweisen. Als Fuxi das sah, fragte er den Baumgott Juemang nach diesem seltsamen Geschehen. Juemang erklärte: „Dieser Vogel heißt Fenghuang (Phönix) und ist der König aller Vögel. Er frisst nur Bambus, trinkt nur Quellwasser und ruht ausschließlich auf dem Phönixbaum. Da dieser Baum mit der Essenz der Planeten getränkt wurde und den Phönix angelockt hat, muss es der beste Baum im Wald sein. Wenn Ihr aus seinem Holz ein Musikinstrument baut, wird es in tausend Jahren nicht verrotten."

Fuxi war begeistert und ließ den Baum sogleich fällen. Die besten Holzarbeiter schnitten den Stamm in drei Teile und klopften jeden dieser Teile ab. Aus dem Mittelstück erklang ein heller Ton, und dieses Stück wurde deshalb für das Instrument ausgewählt. Nachdem das Holz 72 Tage gewässert worden war, schnitzten die Männer daraus den Körper und befestigten daran sieben Saiten aus Seide. Nun war das erste Musikinstrument geschaffen und die Menschen konnten nach schwerer Arbeit musizieren, singen und tanzen.

(Nach einer Erzählung von Frau Li)

Ursprünglich war die Qin ungefähr 120 Zentimeter lang und 20 Zentimeter breit. Sie hatte fünf Saiten aus Seide. Um etwa 600 v. Chr. wurden zwei weitere Saiten hinzugefügt. In dem schon erwähnten

Grab der Marquise von Dai, die kurz nach 168 n. Chr. in der Nähe von Changsha beigesetzt wurde, blieben an einer Qin die Seidensaiten so vollkommen erhalten, dass man sie untersuchen und damit endlich ihr Geheimnis entschlüsseln konnte. Jede Saite war ein Meisterwerk der Fadenkunst. Die Basssaite hatte zum Beispiel einen Durchmesser von 1,9 Millimetern und bestand aus 592 Einzelfäden. Aus diesem Grundinstrument wurden später andere Modelle mit bis zu 50 Saiten, alle aus feinster Seide, entwickelt.

Für kein anderes Instrument wurde so früh die Musik aufgeschrieben und überliefert. Die Qin ist ein Soloinstrument (eine klassische chinesische Griffbrettzither), das von Gelehrten, Malern, Dichtern, Philosophen und Herrschern gespielt wurde. Konfuzius soll ein Meister des Qin-Spiels gewesen sein. Im Volksmund hieß es: "Die rechte Hand hält das Buch, die linke Hand spielt die Qin."

Gottheit mit Qin auf einem Drachen reitend

Vielen jungen Chinesen ist die Qin heute nicht mehr vertraut. Das liegt zum einen daran, dass sie ein Instrument der Gebildetenschicht war, das während der Kulturrevolution mit dem Etikett „feudalistisch" versehen und deshalb verpönt war. Leider wurden damals unzählige wertvolle Exemplare der Qin zerstört und die Spieler zu körperlicher Arbeit gezwungen. Heute gehört Unterricht auf der Qin aber wieder zur Ausbildung der Musikstudenten, und besonders alte Instrumente sind bei Sammlern sehr begehrt. Bei der Versteigerung einer 900 Jahre alten Qin im Jahre 2010 soll in China ein Preis von 15,4 Millionen Euro erzielt worden sein. Die Kunst der Qin (auch Guqin)-Musik wurde von der UNESCO unter die Meisterwerke des mündlichen und immateriellen Erbes der Menschheit aufgenommen.

Doch zurück zu dem Seidenfaden und der Produktion der Seide. Nachdem der Faden aufgespult ist, folgt als nächster Schritt die **Seidenweberei.** Damit aus der Seide ein Gewand hergestellt werden kann, müssen die Fäden zu einem Tuch gewebt werden. Auch dieser Schritt ist in Legenden verankert. Die berühmteste Weberin aller Zeiten soll ein himmlisches Wesen gewesen sein, an das sich die Chinesen selbst in unseren Tagen noch erinnern.

Die Weberin und der Kuhhirte

Man erzählt, dass die Weberin Tochter eines himmlischen Gottes war, die exquisite bunte Wolken auf ihrem Webstuhl zu weben vermochte. Diese Wolken konnten entsprechend der Tageszeit und der Jahreszeit ihre Farbe wechseln, und man nannte sie „himmlische Kleider". Die Weberin hatte sechs Schwestern, die auch alle webten.

Am westlichen Ufer des Silberflusses lebte zu dieser Zeit ein Kuhhirte, der seine Eltern verloren hatte, als er noch ein Knabe war. Er fand bei seinem älteren Bruder und dessen Frau Unterkunft, aber eines Tages jagten ihn die beiden davon, nur eine alte Kuh durfte er mitnehmen. So fristete der Jüngling ein einfaches Leben, und er fühlte sich oft einsam und allein.

An einem warmen Sommermorgen begann die Kuh auf einmal zu sprechen. Sie sagte: „Bald kommt die Weberin, um mit ihren Schwestern im See zu baden. Wenn du ihre Kleider versteckst, während sie im Wasser ist, wird sie deine Frau werden." Und so geschah es. Die himmlischen Wesen erschienen, und der Kuhhirte verbarg die Kleider der Weberin im Schilf. Als deren Schwestern den Mann erblickten, rannten sie zum Ufer, zogen schnell ihre seidenen Gewänder über und flogen wie kleine Vögel erschrocken von dannen. Die verschämte Weberin traute sich nicht aus dem Wasser, und als der Kuhhirte ihr erklärte, sie bekäme ihre Kleider nur zurück, wenn sie seine Frau würde, willigte sie ein.

Nach der Hochzeit webte die Frau und der Mann bestellte das Feld. So führten sie ein bescheidenes Leben, und da sie sich liebten, fehlte es ihnen an nichts. Bald wurden ihnen ein Junge und ein Mädchen geboren, und alles wäre friedlich verlaufen, hätte der göttliche Vater nichts von der Geschichte erfahren. Wütend, dass seine Tochter einen Sterblichen geheiratet hatte, befahl er, sie zum Himmel zurückzubringen.

Die ganze Familie war traurig, und als die Weberin fortgebracht wurde, folgte ihr der Kuhhirte, einen Stab auf seiner Schulter tragend, an dessen Enden je ein Korb mit einem Kind hing. Als er jedoch am Silberfluss ankam, hatte dieser sich schon mit seiner

Frau bis zum Himmel erhoben. Dort floss er nun in einem silbrigen Blau als Milchstraße dahin. Der Kuhhirte und seine Kinder waren untröstlich. Da sprach die Kuh zum zweiten Mal: „Ich werde bald sterben. Wenn ich tot bin, zieh mir die Haut vom Leibe und binde sie um deinen Körper, dann kannst du zum Himmel fliegen!"

Bald darauf starb die Kuh und der Kuhhirte tat, wie ihm geheißen war. Wie zuvor nahm er seine Kinder mit und flog himmelwärts. Als er am Silberfluss ankam, entdeckte er die Weberin am anderen Ufer, aber der Fluss wurde wild und schäumend, und es war unmöglich, ihn zu überqueren. Der Vater der Weberin war gerührt, als er die liebende Familie beobachtete, und erlaubte, dass seine Tochter und der Kuhhirte sich einmal jährlich treffen dürften, und zwar am siebten Tag des siebten Mondmonats. Am diesem Tag versammelten sich alle Elstern der Welt und bildeten eine Brücke, sodass Weberin und Kuhhirte zusammenkommen konnten. Von da an lebten der Vater und die Kinder auf der einen Seite des Flusses und die Mutter auf der anderen Seite. Bis heute kann man den Stern des Kuhhirten, „Aquila", und den der Weberin, „Vega", beiderseits der Milchstraße entdecken.

Von einer irdischen begnadeten Weberin handelt ein chinesisches Märchen, das Marilee Heyer nacherzählt hat:

Der gewebte Traum

Vor langer, langer Zeit lebte in einem Land im fernen Osten eine Witwe mit ihren drei Söhnen. Der älteste hieß Leme, der zweite Letuie und der jüngste Leje. Sie wohnten in einer kleinen Hütte am

Fuße eines hohen Berges. Die Mutter konnte wunderschön weben, und ihre Arbeiten wurden von allen bewundert, so farbenfroh und lebhaft waren sie. Am Markttag ging sie in das Nachbardorf, wo sie immer alle Ware verkaufen konnte. Von dem Erlös bezahlte sie das Essen für die kommende Woche. Auch die Söhne waren fleißig und hackten täglich im Wald Holz. So führte die Familie ein bescheidenes, glückliches Leben.

Eines Tages war die Witwe wieder einmal auf dem Markt, da entdeckte sie am Nachbarstand ein wunderschönes Gemälde. Es zeigte einen Palast mit herrlichen Gärten, voller wunderschöner Bäume und Blumen, auch ein Fischteich war zu sehen, und prächtige Vögel schienen umher zu fliegen. Alles wurde von einer runden, roten Sonne beschienen. Da füllte sich das Herz der Alten mit Glückseligkeit, und obwohl sie ein schlechtes Gewissen hatte, nahm sie all ihr Geld und kaufte das Bild. Auf dem Weg nach Hause hielt sie immer wieder an und betrachtete ihren Schatz. „Wenn ich doch nur in einem solchen Palast leben könnte", flüsterte sie.

Zu Hause angekommen zeigte die Frau das Bild ihren Söhnen. Die beiden ältesten meinten: „Das ist ja sehr schön, aber wo hast du das Essen?" Nur der jüngste schien sie zu verstehen. Er überlegte: „Mutter, du wirst einen solchen Palast niemals besitzen, aber warum webst du ihn dir nicht?" Da war die Witwe beglückt und fing noch am gleichen Abend beim Kerzenschein an zu arbeiten. Sie wollte überhaupt nicht mehr aufhören und gönnte sich kaum noch Schlaf. Es dauerte nicht lange und beiden ältesten Söhne protestierten „Mutter, du webst nur noch an deinem Palast und stellst keinen Brokat zum Verkaufen mehr her. Wir müssen alles Geld beschaffen und wollen nicht mehr so viel Holz hacken."

Leje aber nahm seine Mutter in Schutz und arbeitete von nun an für die Brüder mit. So ging es Woche um Woche, Monat um Monat. Nach einem Jahr begannen die Augen der Witwe zu tränen, und sie webte die Tropfen in das Wasser des Bildes. Im zweiten Jahr wurden ihre Finger blutig und sie webte das Blut in die rote Sonne. Nach drei Jahren schließlich war das Tuch fertig und einzigartig schön geworden.

Als die Söhne das Kunstwerk bewunderten, blies ein Sturm die Hüttentür auf, erfasste den Brokat und flog mit ihm davon. Leme, Letuie und Leje rannten hinterher, konnten aber nichts ausrichten. Als sie zur Hütte zurückkamen, lag die Mutter bewusstlos auf der Schwelle. Schnell brachten sie die Leblose hinein und legten sie aufs Bett. Nach einigen Minuten öffnete die Greisin die Augen und flüsterte „Bitte, Leme, mein Ältester, folge dem Wind und bring mir mein Tuch zurück, es bedeutet mir mehr als mein Leben!"

Leme machte sich sofort auf und erreichte nach einem Monat einen hohen Berg, auf dessen Gipfel ein ungewöhnliches Steinhaus mit einem steinernen Pferd davor stand. Eine grauhaarige Alte kam aus der Tür und fragte nach seinem Woher und Wohin. Leme erzählte ihr von dem Tuch seiner Mutter. Die Alte, die eine Zauberin war, sprach. „Der Wind hat das Tuch zu den Feen auf dem Sonnenberg gebracht, denn sie wollen das Muster kopieren. Es wird sehr schwierig sein, dorthin zu gelangen. Zuerst musst du drei Dinge tun: Schlag dir deine beiden Vorderzähne aus und setze sie dem Pferd ein. Dann kann es sich wieder bewegen und fressen, und sobald es zehn rote Beeren geschluckt hat, wird es dich auf seinen Rücken lassen und zum Sonnenberg bringen. Auf dem Weg müsst ihr aber zuerst den Feuerberg überqueren, der immer lichterloh brennt.

Du darfst dabei keinen Ton von dir geben, sonst verbrennst du zu Asche. Anschließend kommt ihr zum Eismeer, das ihr durchqueren müsst, und auch hier musst du stumm bleiben, selbst wenn du glaubst zu erfrieren." Leme wurde blass und fuhr sich mit der Zunge über seine beiden gesunden Zähne. Die Alte sah, dass er zögerte, und machte ihm einen anderen Vorschlag: „Falls du dich nicht in Gefahr begeben willst, so schenke ich dir hier ein Kästchen voller Gold. Nimm es mit nach Hause und dann lebt ihr davon glücklich und zufrieden." Leme überlegte nicht lange, ergriff das Kästchen und kehrte um. Auf dem Heimweg dachte er plötzlich:„Warum soll ich mit den anderen teilen? Ich gehe in die Stadt und mache mir ein schönes Leben."*

    In der Hütte wurde die Witwe schwächer und schwächer und nach zwei Monaten wollte sie nicht länger warten. So bat sie ihren zweiten Sohn Letuie, nach dem Brokat zu suchen. Es erging ihm genauso wie Leme, auch er konnte der Versuchung nicht widerstehen, er nahm das Gold und machte sich auf in die Stadt.

    Der junge Leje war sehr besorgt um das Leben seiner Mutter, und als auch sein zweiter Bruder nicht zurückkam, ließ er die Frau allein und marschierte gen Osten. Wie Leme und Letuie traf er die Zauberin, aber er zögerte nicht, als er die Bedingungen hörte, schlug sich die Zähne aus und setzte sie dem Pferd ein. Auch durchlitt er die Qualen im Feuer und im Eis, ohne nur einen einzigen Mucks von sich zu geben. Schließlich flog das Pferd mit ihm zum Sonnenberg, und dort entdeckten sie auf dem Gipfel einen wunderschönen Palast. In einem großen Saal trafen sie auf eine Anzahl wunderschöner Feen, die um die Wette webten und den Brokat seiner Mutter kopierten. Wie erschraken die Mädchen, als sie den fremden jungen

Mann bemerkten. Leje erklärte ihnen, dass er nur das Tuch zurück haben wolle, und er erlaubte den Feen, ihre Arbeit in der Nacht zu beenden, während er sich ausruhte. Die wunderschönste aller Feen aber war auch die geschickteste und somit als erste fertig. Als sie das Kunstwerk betrachtete, sprach sie zu sich selbst: „Der Brokat ist so perfekt, anstatt ihn zu kopieren, wäre ich am liebsten ein Teil davon." Und schon webte sie noch ein Bild von sich selbst in das Tuch.

Mitten in der Nacht erwachte Leje und dachte: „Was ist, wenn die Feen mir am Morgen den Brokat nicht geben?" Da die Mädchen vor Müdigkeit eingeschlafen waren, fiel es Leje nicht schwer, das Tuch zu ergreifen. Schnell suchte er sein Pferd, und nach drei Tagen und drei Nächten erreichten sie wieder die Zauberin. Diese nahm dem Pferd die Zähne aus dem Mund und setzte sie Leje wieder ein. Dann sprach sie: „Du musst eilen, Leje, deine Mutter liegt im Sterben!" Schnell reichte sie ihm noch ein paar bestickte Schuhe, und als er diese überzog, stand er in Windeseile vor dem Haus seiner Mutter. Es war Rettung in letzter Minute, denn die Witwe hauchte gerade ihr Leben aus. Da zog Leje das Tuch unter seinem Hemd hervor und breitete es über seine Mutter. Diese fühlte etwas wunderbar Warmes, Seidiges und schlug die Augen auf. Als sie ihr Traumbild erblickte, kehrten ihre Kräfte zurück und sie sprach: „Leje, lass uns das Tuch nach draußen bringen und in der Sonne betrachten!" Das taten sie sogleich, doch vor dem Haus erfasste wieder ein Wind den Brokat. Diesmal trug er ihn aber nicht davon, sondern ließ ihn wachsen und wachsen und breitete ihn dann über Hütte und Feld aus. Es entstand der Palast mit all seinen Gärten und Teichen. Als die Witwe genau hinschaute, entdeckte sie noch ein *hübsches, junges Mädchen, dessen Bild sie nicht gewebt hatte. Sie lud das Mädchen ein, mit ihnen zu leben, und bald darauf wurde aus ihr und Leje ein Paar. So lebten die drei glücklich zusammen und teilten ihr Hab und Gut mit allen Nachbarn, die ihnen in schlimmen Zeiten geholfen hatten.*

Eines Tages saßen Leje, seine Frau und seine Mutter im Garten und bastelten Spielzeug für das Baby, das bald zur Welt kommen sollte. Da humpelten zwei Bettler die Straße herauf, es waren Leme und Letuie, die all ihr Gold in der Stadt verprasst hatten. Als sie durch den Zaun lugten und die glückliche Familie erblickten, wurde ihnen ihr schändliches Verhalten bewusst und voller Scham und Reue schlichen sie sich, auf ihren Bettelstab gestützt, davon.

Der letzte Schritt ist die Verzierung des gewebten Tuches durch **die Seidenstickerei.** Seidenstickerei hat eine jahrtausendealte Tradition in China und ist eng verbunden mit dem hierarchisch geordneten Klassensystem der feudalen Gesellschaft. Die Kleidungstücke der oberen Klassen bezeugten den Rang des Trägers, den man an den Motiven der Stickereien ablesen konnte. Sonne-, Mond-, Stern- und Bergmotive wie auch der Drache waren dem Kaiser vorbehalten. In der Ming- und Qing-Dynastie trugen die Zivilbeamten Gewänder, die mit einem Vogelmotiv bestickt waren. Es gab neun verschiedene Vögel, die jeweils einen bestimmten Rang repräsentierten. Als Erkennungszeichen der Militärrangstufen dienten sinnigerweise Raubtiere. Alle offiziellen Gewänder wurden in den kaiserlichen Stickereien gefertigt. Während die Roben der oberen Klassen in hellen, klaren Farben leuchteten, war die Kleidung der einfachen Leute in unauffälligen, gedeckten Farben gehalten. Die Frauen und jungen Mädchen verzierten jedoch ihre Kleidung und bestickten an den langen Abenden und Wintertagen Röcke, Blusen, Schürzen, Bänder, Schuhe, Beutel und Dinge für den Haushalt. Da diese Kunst des Stickens in alter Zeit von der Mutter auf die Tochter oder von der Schwiegermutter auf die Schwiegertochter weitergegeben wurde, trägt die Stickerei auch den Namen „Mutters Kunst".

Die Städte Suzhou, Nantong, Wuxi, Changzhou und Yangzhou sind bekannt für ihre Stickereien, die generell als Suzhou-Stickereien bezeichnet werden. Mit mehr als 40 Stickweisen und über 1000 verschiedenen Seidengarnen können die Kunsthandwerkerinnen Motive von Blumen, Vögeln, Fischen, Insekten und anderen Tieren sowie von Landschaften und Figuren entwickeln. Viele der Stickereien werden als Bilder gerahmt.

Zwei Sagen beschreiben den Weg von der Tätowierung zur Seidenstickerei. In beiden fungiert das Drachenmotiv als ursprünglicher Anlass der Darstellung.

Schutz vor dem Drachen

In uralten Zeiten kam es in der Gegend von Suzhou oft zu Hochwasserkatastrophen. Damals, so wird erzählt, lebten Drachen im Wasser, die immer wieder die Boote zum Kentern brachten und dann die über Bord gestürzten Menschen verschlangen. Schließlich entdeckten die Erdenbürger, dass Drachen einander selbst nicht angriffen. So malten sie Drachenköpfe auf den Bug ihrer Schiffe. Dann kürzten sie ihre ursprünglich bis zur Hüfte reichenden Haare und ließen sie nur noch locker bis zur Schulter hängen. Den Körper tätowierten sie sich nun mit Drachenmustern, um so vor dem Angriff eines Drachen geschützt zu sein, falls sie ins Wasser fallen sollten.

Wie es nun zu den Stickereien kam, erzählt eine schöne Geschichte, die uns zurückführt bis in die Zhou Dynastie vor rund 3000 Jahren in die Regierungszeit von Kaiser Taiwang.

Die kluge Nühong

Kaiser Taiwang hatte drei Söhne. Als diese erwachsen waren und der Kaiser verstarb, verließen die beiden älteren Jungen, Taibo und Zhongyong, mit ihrer Gefolgschaft die Hauptstadt, um ihrem jüngeren Bruder den Thron zu überlassen. Sie überquerten den Jangzi und ließen sich in der Gegend von Suzhou nieder. Aus dem Einzugsgebiet des Gelben Flusses brachten sie fortgeschrittene Produktionstechniken mit und leiteten die Menschen an, Kanäle auszuheben, um das Hochwasser in den Taihu-See abzuleiten. Nun hatten die Drachen keine Unterkunft mehr und verschwanden. Doch die Sitte der Tätowierung blieb. Nach dem Tod Taibos beschloss Zhongyong, dem immer mit Schmerzen verbundenen Tätowieren ein Ende zu bereiten. Als er sich eines Tages mit seinen Würdenträgern beriet, war seine Enkelin Nühong zugegen, die sich ihre Kleidung nähte. Unversehens stach sie sich mit der Nadel in den Finger. Dabei kam sie auf die Idee, Drachen lieber auf die Kleidung zu sticken, als schmerzhaft die Haut zu tätowieren. Gesagt – getan!

Hinter verschlossenen Türen stickte Nühong sieben Tage und sieben Nächte, und dann war eine Robe mit Drachenmustern fertig. Sogleich zog Prinz Zhongyong das Gewand an und ging damit auf die Straße. Die Menschen jubelten ihm zu. So verbreitete sich der Brauch zu sticken sehr schnell, und mit den schmerzhaften Tätowierungen hatte es ein Ende.

Nachdem anfangs nur Drachen gestickt wurden, kamen später Blumen, Gräser, Fische, Vögel und Insekten dazu; die Kunst perfektionierte sich. Die Menschen vergaßen die kleine Prinzessin Nühong aber nicht und nennen heute noch Mädchen, die gut sticken und nähen können, „Nühong".

Junge Mädchen zeigten ihre Fingerfertigkeit besonders beim kunstvollen Nähen und Besticken der seidenen Schühchen für die gebundenen Füße, welche Lotus- oder Lilienfüße genannt wurden. Während der Tang-Dynastie (618-907) soll der Brauch des Füßebindens seinen Anfang gefunden haben. Man erzählt von Yao Niang, der ersten Frau mit kleinen Füßen:

Die schöne Tänzerin

Zur Regierungszeit von Kaiser Li Houzhu lebte am Hofe in Chang'an ein Mädchen mit Namen Yao Niang. Diese junge Frau war berühmt wegen ihrer zarten Schönheit und ihrer Tanzbegabung. Der Kaiser erfreute sich an ihrem Anblick und wünschte, dass sie ihm so oft wie möglich vortanzte. Als Plattform ließ er extra ein besonderes Podest in Form einer goldenen Lotusblüte anfertigen. Dieses Podest war sechs Fuß hoch und mit kostbaren Edelsteinen, Girlanden und Seidenquasten geschmückt. So glänzte es in der Mitte der kaiserlichen Halle. Yao Niang umwickelte sich nun die Füße mit Seidenbändern, schmiegte sich in die Lotusblüte, wuchs dann aus ihr hervor und tanzte ihre Pirouetten auf dem schmalen Raum. Sie erweckte dabei den Eindruck, als seien die weiten Ärmel ihres Seidengewandes schwebende Wolken. Nicht nur Kaiser Li Houzhu war von diesen Vorführungen entzückt, sondern es sprach der ganze Hofstaat davon. Das ließ auch die anderen Damen nicht ruhen, und sie begannen, ihre Füße mit Seidenbändern künstlich klein zu halten.

Es sollte jedoch noch bis zur Song-Dynastie (960-1279) dauern, bis es zuerst in aristokratischen Kreisen und dann in anderen Schichten der Bevölkerung Tradition wurde, den jungen Mädchen im Alter von ungefähr sieben Jahren die Füße zu binden. Nur die Frauen der Landbevölkerung entgingen dieser Tortur, da sie gesunde Füße haben mussten, um arbeiten zu können.

Neben den seidenen Schühchen verzierten Mädchen und Frauen natürlich auch Kleidungsstücke. Der schon erwähnte Kenner chinesischer Volksbräuche, Qiu Huanxing, bewunderte bei einem Besuch der Gemeinde Yongzi im Kreis Wuxian die Tracht der Frauen. Es handelt sich dabei um ein blau-schwarz-weiß gestreiftes, besticktes und gesäumtes Kopftuch und eine bestickte fein gefaltete Schürze, an deren Bändern Troddeln hängen. Laut überlieferten Aufzeichnungen entstand diese Tracht schon vor rund 2400 Jahren. Damals gehörte das Gebiet der heutigen Provinzen Jiangsu und Zhejiang zum Lehnstaat Wu der Zhou-Dynastie. Auch mit dieser Tracht ist eine Legende verbunden:

Xishi

Einst kam Xishi, die wunderschöne Konkubine des Königs von Wu, ans Ufer des Taihu-Sees, um die Lotusblumen zu bewundern. Dort sah sie eine Gruppe junger Frauen, die mit einem Lotusblatt auf dem Kopf und einer mit Lotusblumen bestickten Schürze um die Taille von kleinen Booten aus Lotuskapseln sammelten. Von deren Schönheit beeindruckt kehrte die königliche Konkubine in den Palast zurück und imitierte diese Tracht mit kostbarem Seidenstoff. So entstand die „blaue Kopfbedeckung und blumenbestickte Schürze". Diese Tracht wurde schnell vom gemeinen Volk angenommen und von Generation zu Generation weitergegeben.

Das Sticken ist auch im modernen China noch eine beliebte und sinnvolle Freizeitbeschäftigung der Frauen auf dem Land. Kleidungsstücke und Kopfbedeckungen für Erwachsene und Kinder, Taschen, Kissen und vieles mehr werden verziert. Die Trachten der ethnischen Minderheiten zeigen besondere Webtechniken und sinnträchtige gestickte Motive. Diese Motive sind seit Urzeiten die gleichen, gehen sie doch auf den Glauben zurück, hinter allem sei eine übernatürliche Kraft verborgen und man müsse Unheil abwenden und Glück anlocken. Damit die Kinder gesund und wohlbehalten aufwachsen, werden ihre Mützen, Jacken, Kissen und Stoffspielzeuge oft mit Tigermotiven bestickt, denn der Tiger besiegt die fünf giftigen Lebewesen, die da sind: Skorpione, Schlangen, Tausendfüßler, Geckos und Kröten. Gegenstände der Aussteuer verziert man mit Mandarinenten, dem Symbol ewiger Treue, und Abbildungen von Fledermäusen, Hirschen oder Pfirsichen drücken Wünsche nach guter Gesundheit, zahlreichen Kindern und einem langen Leben aus.

4. Pioniere auf dem Weg nach Westen

Da sowohl im Westen als auch im Osten Ungewissheit herrschte über die Völker, welche die Grenzen bedrohten, deren Produkte man aber bewunderte und begehrte, wurden Kundschafter ausgeschickt.

ZHANG QIAN

Schon vor der Zeitenwende, zur Regierungszeit von Kaiser Han Wudi, machte sich Zhang Qian (gest.114 v. Chr.) auf den Weg nach Westen. Der Kaiser war besorgt, da Raubzüge berittener Nomadenvölker immer wieder die Westgrenze des chinesischen Reiches bedrohten und diese Auseinandersetzungen unzählige Soldaten, kostbare Pferde und Unmengen an Tributzahlungen kosteten. Das am meisten gefürchtete der marodierenden Völker waren die Xiongnu. Han Wudi beschloss deshalb, einen Gesandten zum Volk der Yuezi, ebenfalls berittene Nomaden, zu senden, damit diese sich mit den Han gegen ihre Erzfeinde, die Xiongnu, verbündeten. Er glaubte gute Chancen für einen Vertrag zu haben, denn man erzählte man sich Folgendes:

Ein wildes Reitervolk

Das Reitervolk der Xiongnu überfiel die Yuezi und vertrieb diese aus ihrem Stammesgebiet Tausende Kilometer nach Westen. Die Yuezi flohen schließlich bis an die Ufer des Amu-Darya in das Land Daxia, das alte Bactria des hellenistisch-persischen Kaiserreiches.

Ihr Zorn gegen die Sieger war unbändig, noch schlimmer jedoch war ihr Hass. Die Xiongnu hatten nämlich ihren König gefangen genommen, ihm das Haupt abgeschlagen und, wie es bei ihnen so Brauch war, aus dem Schädel eine Trinkschale geformt, mit der sie auf ihren Sieg anstießen.

Zhang Qian, der heute als Pionier der Seidenstraße angesehen wird, fiel diesen barbarischen Xiongnu in die Hände. Hier seine Geschichte:

Unterwegs ins Ungewisse

Zhang Qian war ein junger, starker und furchtloser Offizier der Palastwache. Er war 32 Jahre alt, als Han Wudi ihn zum Führer einer Expedition gen Westen erwählte. Seine Truppe bestand aus 99 Soldaten, unter ihnen befand sich ein erfahrener Bogenschütze, ein Xiongnu mit dem Namen Ganfu. Ganfu war in einem früheren Krieg gefangen genommen worden, hatte sich aber an das Leben in China gewöhnt und pflegte nur noch Hassgefühle gegen sein eigenes Volk, das ihn schlecht behandelt hatte. Er sollte sich als der geeignetste Gefährte von Zhang Qian erweisen.

Im Jahre 138 vor der Zeitenwende machte sich die Truppe auf den Weg nach Westen. Allen voran ritt Zhang Qian, in der rechten Hand die Insignie der kaiserlichen Mission schwingend: ein etwa zwei Meter langer Bambusstab mit drei Büscheln Haar vom Schwanz eines Yaks. Dieses Haar galt in alten Zeiten in weiten Teilen Innerasiens als ein Zeichen der Macht.

Sie ritten zuerst nach Nordwesten, durchquerten die Provinz Gansu, überquerten den Gelben Fluss und landeten schließlich unerwartet in einem Gebiet, das von Xiongnu besiedelt war. Denen war es ein Leichtes, die Chinesen gefangen zu nehmen. Zhang Qian kam als Sklave in eine aristokratische Familie und hütete elf Jahre lang Schafe und Kühe. Während dieser Zeit heiratete er eine Xiongnu-Sklavin und wurde Vater eines Sohnes.

Eines Tages gelang den Chinesen die Flucht, und sie machten sich weiter auf den Weg nach Westen, durchquerten Gebirge und Wüsten, blühende Oasen und mächtige Städte, bis sie schließlich im Siedlungsgebiet der Yuezi ankamen. Die Yuezi waren jedoch nicht mehr daran interessiert, sich mit den Chinesen gegen die Xiongnu zu verbünden, fühlten sie sich doch auf ihrem fruchtbaren Land ohne Kriege sehr wohl. Zhang Qian versuchte ein Jahr lang, ein Abkommen zu schließen, als es ihm dann aber nicht gelang, machte er sich auf den Rückweg. Diesmal wählte er die Südroute, doch wieder wurden er und seine Begleiter von den Xiongnu gefangen genommen. Zhang Qian glaubte nun, nie wieder nach Hause zurückzukommen, doch während einiger Unruhen im Volk gelang ihm abermals die Flucht. Nach dreizehn Jahren kehrten nur noch drei Personen in die chinesische Hauptstadt zurück: Zhang Qian, seine Frau und Ganfu – also ein Chinese und zwei Xiongnu. Man behauptet, dass Zhang Qian trotz seiner gefährliche Reise immer noch das Bambusrohr mit dem Schwanzhaar des Yaks in der Hand hielt.

Der Kaiser war hoch erfreut über die Rückkehr seines Gesandten und begierig, die Berichte mit Informationen über fremde Völker, die Lage der Länder und ihre Ressourcen zu erlangen. Er bedachte Zhang Qian mit vielen Ehrungen, verlieh ihm den Titel „Großer Reisender" und schickte ihn später noch zweimal auf Erkundungen. Von der letzten Reise um 105 v. Chr. brachte Zhang Qian neben vielen anderen exotischen Dingen auch Pferde aus dem Land Wusun mit.

Zhang Qian erlangte auf seinen Reisen militärische, politische, wirtschaftliche und geographische Erkenntnisse, die für den Hof des Han-Kaisers eine Sensation bedeuteten. Zum ersten Mal hörte man von den bis dahin unbekannten Königreichen Ferghana, Samarkand, Buchara und Balkh. Besonders interessiert war Han Wudi an den sogenannten „Himmlischen Pferden". Von der großen Bedeutung der Pferde und vom Handel mit Seide wird später berichtet werden.

Das Wissen der chinesischen Kaiser und Generäle um die Welt im Westen war trotz der Erkundungen von Zhang Qian noch immer sehr nebulös, und so versuchte man mehr in Erfahrung zu bringen. Während der späteren Han-Dynastie (25-220 n. Chr.) herrschte reger Handel zwischen Chinesen und westlichen Völkern, nachdem es General Pan Ch'ao (gest. 102 n. Chr.) gelungen war, die angreifenden Reitervölker zurückzudrängen und Ordnung herzustellen. Jenseits der Pamirpässe traten die Völker Irans mit China in Handelsverbindungen. Die altberühmte Stadt Bactra war das Hauptzentrum des Verkehrs im östlichen Iran. Von hier aus brachten die Parther einen großen Teil der Waren weiter nach Westen und versorgten außer ihrem eigenen Land auch Syrien mit der Hauptstadt Antiochia und darüber hinaus die Länder des Mittelmeeres mit Seide. Als Tauschgegenstände lieferte Syrien Juwelen, Bernstein, Korallen, Drogen und anderes. Diese Kostbarkeiten wurden fast ausschließlich mit Seide bezahlt, und die chinesischen Kaiser waren sehr darauf bedacht, dass das Wissen um die Seidenherstellung, die Seidenraupen und die Geräte im Land blieben. Zuwiderhandelnde Personen erhielten die Todesstrafe.

Der Schriftsteller S. Mervin erzählt in seinem Buch *Die Seidenstraße* vom Leben zu Zeiten von General Pan Ch'ao in der Oase Yarkand. Aus den Tagebuchnotizen des fiktiven Beamten Jan Po erfahren wir Erstaunliches über den Seidenhandel zu damaliger Zeit.

Wenn ich auf die vielen während dieser Reise gewonnenen Eindrücke zurückblicke, so nimmt der Seidenhandel dabei eine hervorragende Stelle ein... Das Auffälligste an diesem Export ist jedoch sein Ausmaß. Man hat mir erzählt, daß volle zwei Drittel der vielen Kamele, die über die große Karawanenstraße nach Westen geschickt werden, mit Seide beladen sind. Das restliche Drittel trägt Pelze (Füchse und Marder), Porzellan und Bronze, Gußeisen, Lackarbeiten, Jade (das in Khotan gefunden wird), Räucherwerk, Rhabarber, Kubeben [indische, pfefferähnliche Gewürzfrucht] *und andere Dinge, doch wird ein großer Teil dieses geringfügigeren Handelsgutes durch Esel, Maultiere und Ochsenkarren befördert. Ich verkürzte mir die Langweile der Reise durch den Versuch, den Umfang dieses Seidenhandels zu schätzen...Ich verfiel dann darauf, die uns manchmal den ganzen Tag hindurch auf dem Rückweg begegnenden Kamele zu zählen. Sie sind zu Gruppen von zwanzig bis vierzig Tieren mit Stricken hintereinandergebunden, und jedes hat einen Ring durch seine häßliche Nase. Die niedrigste Zahl am Tag betrug sechshundertundvierundzwanzig, die höchste etwas mehr als dreitausendzweihundert; der Durchschnitt lag in einem Zeitraum von zwanzig Tagen nicht weit von zweitausend.*

Daraus kann man füglich schließen, daß wir täglich nicht weniger als, sagen wir fünftausend Tan [1Tan = 60,5 kg] *Seide verfrachten, das wären also fünfhunderttausend Chin* [1Chin = 605 g], *und das an einem einzigen Tag! Demnach beläuft sich der Wert dieser Seidenmengen in unseren eigenen Städten in einem Jahr auf etwa hundert Millionen Mace, auch wenn man den im Winter etwas geringeren Verkehr in diesem nördlichen Wüstengebiet berücksichtigt. Hier draußen im Grenzgebiet ist der Wert sogar noch größer und vermutlich doppelt so hoch, wenn alle Transportkosten bezahlt sind und der Händler am Platz seinen Profit draufgeschlagen hat... Jetzt kann ich nicht mehr umhin mich zu fragen, was für ein Stamm das wohl sein mag, der über zweihundert Millionen Silbermace im Jahr für unsere Seide bezahlt – nein viel mehr noch, denn hinter dem Gebirge werden noch weitere Transportkosten und Zwischenverdienste dazukommen –, und das nur, um seine Frauen zu verwöhnen.*

In diesem Text wird auch geschildert, wie der Austausch der Waren an der westlichen Grenze des chinesischen Reiches zur damaligen Zeit vor sich gegangen sein soll:

„*In den Ts'ung Ling-Bergen (die Eingeborenen nennen sie Pamir), gibt es einen Fluss, der die westliche Grenze des Han-Reiches bildet. Kein chinesischer Untertan darf ihn überschreiten. Das ist ein Gesetz und die Soldaten des Generals Pan verhindern seine Übertretung. Ferner gibt es ein Gesetz, nach dem unsere Händler keinesfalls mit denen der Yüeh Chih (Yuezi?) verkehren dürfen, jenes Stammes, der unmittelbar hinter dem Ts'ung Ling-Gebirge wohnt. Deshalb tragen unsere Händler die Seidenballen hinauf in die Berge und bringen sie in den offenen Lagerhäusern unter, die sich sehr weit am Ufer jenes Flusses entlang ziehen. Sie zeichnen jeden Ballen mit dem Preis aus, den sie dafür in Silber oder irgendeinem anderen ausländischen Zahlungsmitteln haben wollen, wie zum Beispiel einer merkwürdigen roten Muschel, Koralle genannt, Rubinen von beachtlicher Größe und Reinheit, einem bräunlichen Gummi namens Bernstein, aus dem man Schmuckstücke schnitzen kann wie aus unserer Jade, Schläuchen mit einem wohlschmeckenden, süßen, aus Trauben hergestellten Wein, Kisten mit Rosinen, das sind Trauben in getrockneter Form, Kisten mit einem merkwürdigen Farbstoff, der Henna genannt wird, Fässchen mit Honig (einer süßen Flüssigkeit), Wolle in Säcken, Mandelkernen, Laudanum, Kupfer und Zinn.*

Wenn unsere Händler ihre Waren ausgezeichnet und sich zurückgezogen haben, kommen die Yüeh Chih zu den Lagerhäusern herunter, holen die Seidenballen (und vielleicht auch noch andere Dinge) ab und lassen an ihrer Stelle genau die verlangten Tauschmittel zurück. Denn die Söhne des Han-Reiches sind so weit bekannt und so sehr geachtet wegen ihrer Zuverlässigkeit in all ihren Handelsangelegenheiten, dass weder die Preise noch die Inhaltsangaben der Ballen jemals angezweifelt werden. So ist es seit den Anfängen dieses Handels gewesen, hat man mir berichtet, und so muss es überall dort bleiben, wo der Ruhm der chinesischen Kultur die barbarische Nacht erleuchtet.

Die eingekauften fremden Waren erregten die Phantasie und Neugier der Chinesen, und so kam es, dass General Pan Ch'ao seinen Untergebenen Gan Ying im Jahre 97 als Kundschafter auf den Wege nach Westen sandte. Er sollte so viel wie möglich über Rom und die Römer erfahren. Doch schaffte es Gan Ying nur bis zu einem großen Meer, denn die Berichte über die Seefahrt, die er dort vernahm, flößten ihm Angst ein. Mervin schildert das in seinem Roman folgendermaßen:

Wegen seiner literarischen Kenntnisse schickte ihn General Pan durch das Land der Yüeh Chih und Anhsi an das Südmeer, wo er sich nach dem weit entfernten Ta Tsin (Rom) einschiffen sollte. Er war fünf Monate unterwegs. Im südlichen Anhsi gibt es einen großen Hafen, in dem Schiffe aus aller Welt zusammenkommen... In diesem Hafen, der nahe an der Mündung eines großen Flusses namens Euphrat liegt, wurde ihm erklärt, dass die Weiterreise nach Ta Tsin auf dem Seewege noch viele Monate erfordern würde und dass bis zu seiner Rückkehr zwei Jahre vergehen könnten. Man riet ihm sogar, Vorräte für drei Jahre mitzunehmen. Da bekam es Kan (Gan) offenbar mit der Angst, wenn er auch nach seiner Rückkehr im Yamên erklärte, es habe ihm für ein so großes Unternehmen an Geld und Ausrüstung gefehlt.

Gan Ying führte in Persien viele Gespräche mit Menschen aller Art, besonders Seefahrern, und machte sich darüber Notizen. So kam es, dass er später fantasievolle Beschreibungen der Römer, ihrer Lebensgewohnheiten und ihrer Handelsprodukte geben konnte und die Chinesen sich ein besseres Bild von den Fremden im Westen machen konnten, die ihre Seide begehrten und nach unsäglichen Mengen verlangten.

Im Laufe der folgenden Jahrhunderte breitete sich der Buddhismus in China aus. Überall wurden Klöster errichtet, und viele der dort lebenden Mönche wollten nach dem Ursprung der Religion forschen. Der nächste berühmte Reisende auf der Seidenstraße in Richtung Westen ist deshalb ein Mönch.

FAXIAN (337-422)

Im Jahre 399 n. Chr. machte sich der damals schon 62jährige Faxian auf eine Pilgerreise. Über Dunhuang, Kucha, Khotan, Kashgar und den Hindukusch gelangte er schließlich an die heiligen Stätten im indischen Ganges-Tal. In den verschiedenen Klöstern verbrachte er lange Zeit und kopierte die heiligen Texte. Für die Rückkehr wählte Faxian den Seeweg und lebte zwei Jahre lang in Ceylon, das zum Beginn des 5. Jahrhunderts ein wichtiges buddhistisches Zentrum war. Gleichzeitig blühte hier der Handel, und es trafen sich Kaufleute aus Indien, Arabien und aller Herren Länder, zweifelsohne auch aus China. Zu diesem Aufenthalt erzählt man folgende Legende, die auch Zeugnis darüber ablegt, dass seidene Gebrauchsartikel allgegenwärtig waren.

Im buddhistischen Tempel

Eines Tages besuchte Faxian einen dieser prachtvollen ceylonesischen Tempel, die über und über mit Perlen und Juwelen geschmückt waren. Er bewunderte ein riesiges Bildnis Buddhas, das aus Jade geschnitzt war und auf dem der Erhabene eine kostbare Perle in der Hand hielt. Da entdeckte er plötzlich einen chinesischen Kaufmann, der, wie es in China üblich war, einen weißen Seidenfächer als Opfergabe niederlegte. Bei diesem Anblick wurde Faxian von Traurigkeit und Heimweh übermannt, denn keiner seiner ursprünglichen Gefährten war noch bei ihm und seine Augen hatten seit Jahren nur Fremdes erblickt. Er brach in lautes Schluchzen aus.

Von Ceylon aus ging die Reise weiter nach Java, wo Faxian fünf Monate lang verweilte, um dann schließlich zum letzten Teil der Seereise aufzubrechen. Im Jahre 413, nach 14jähriger Wanderschaft, kehrte der nun 76jährige Faxian mit einer unschätzbaren Sammlung von Texten nach China zurück. Er ließ sich in der Stadt Nanjing nieder und schrieb bis zu seinem Lebensende an den Übersetzungen der buddhistischen Schriften ins Chinesische und an seinen ausführlichen Reiseberichten.

Kunst und Kultur der Seidenstraße erreichten ebenso wie im übrigen China ihre höchste Blüte zur Zeit der Tang-Dynastie (618-907), die allgemein als das „goldene Zeitalter" Chinas angesehen wird. Während der langanhaltenden Perioden des Friedens und der Stabilität, die diese glänzende Epoche kennzeichnen, herrschte im ganzen chinesischen Reich Wohlstand. Seine Hauptstadt Chang'an, das Rom Asiens und Ausgangspunkt aller über die Seidenstraße führenden Reisen, war eine der prächtigsten und weltoffensten Städte der Erde. Im Jahre 742 lag ihre Einwohnerzahl bei nahezu zwei Millionen. Ausländer wurden gerne gesehen und etwa 5000 hatten sich in Chang'an niedergelassen. Nestorianer, Manichäer, Zoroastrier, Hindus und Juden besaßen die Erlaubnis, ihre eigenen Kirchen, Tempel und Synagogen zu bauen und dort ihre Gottesdienste abzuhalten. Die vorherrschende Religion war der Buddhismus und der Wunsch nach Originalschriften aus indischen Klöstern groß. Deshalb machte sich abermals ein Mönch auf die Suche.

ZUANZANG (602-664)

Genau wie Faxian fast drei Jahrhunderte früher, verließ Zuanzang im Jahre 629 die Stadt Chang'an, um nach Indien zu ziehen. Dort wollte er an Ort und Stelle die Schriften studieren und wichtige religiöse Dokumente erwerben, um diese nach Hause zu bringen, denn bis zu diesem Zeitpunkt waren die vorhandenen Texte zum Buddhismus nur unvollständig und verwirrend.

Ein schlechter Start

Kaiser Taizong hatte nach Kämpfen mit mongolischen Stämmen die Grenzen des Reiches schließen lassen. Da Zuanzang mit seiner Reise nicht warten wollte, beschloss er, heimlich das Land zu verlassen und nach Westen zu ziehen. In einem Kloster traf er einen Führer namens Banda, der versprach, ihn sicher an den fünf Wachtürmen der Grenze vorbeizuführen. Als Zuanzang mit seinem Pferd zum vereinbarten Treffpunkt kam, wartete Banda schon auf ihn. Er führte zwei Pferde am Zügel, auf einem der beiden, einem klapprigen, alten Gaul, saß ein uralter Mann. Dieser sollte der Führer sein. Als erstes verlangte er, dass Zuanzang sein junges, kräftiges Pferd gegen das alte tauschte. Zuanzang wehrte sich nicht lange, hatte er doch geträumt, dass er China auf einer Mähre verlassen würde. Der Alte warnte den Mönch vor Sandstürmen und bösen Geistern, riet ihm, sparsam mit Wasser umzugehen oder am besten gleich umzukehren, und ritt dann, nachdem er Zuanzang das letzte Geld abgenommen hatte, davon. Zuanzang wusste nicht, wie ihm geschah, war aber entschlossen, seine Reise fortzusetzen.

Am Abend legten sich der Mönch und Banda in einer Sandkuhle zur Ruhe. Mitten in der Nacht erwachte Xuanzang plötzlich von einem seltsamen Geräusch. Er verhielt sich still und lauschte. Da sah er in der mondhellen Nacht Banda mit einem blitzenden Messer auf sich zukriechen. Blitzschnell traf er eine Entscheidung. Vorgebend, er sei gerade erst aufgewacht, begann er laut zu beten: „Heiliger Herrscher im Himmel, bitte schenke mir eine sichere Reise! Heiliger Herrscher im Himmel, behüte mich vor Feinden und Mördern! Heiliger Herrscher im Himmel, hilf mir!"

Als Banda bemerkte, dass der Mönch nicht schlief, erschrak er gewaltig, kroch zu seinem Pferd, schwang sich darauf und ritt davon. Von nun an war Zuanzang ganz auf sich gestellt.

Xuanzang musste einige Abenteuer bestehen, aber mit Hilfe gläubiger Buddhisten gelang es ihm, die Wachttürme zu umgehen. Dann traf ihn jedoch die größte Herausforderung: die Wüste Taklamakan. Diese Wüste hat die Größe der Bundesrepublik Deutschland und ist hufeisenförmig von gewaltigen Gebirgen umgeben: im Westen vom Pamir, im Süden vom Kunlun, den „Bergen der Finsternis", und im Norden vom Tienshan, dem „Himmelsgebirge". Im gebirgsfreien Osten geht die Taklamakan in die Wüste Gobi über. „Taklamakan" bedeutet: Der Ort, wo der, der hineingeht, nicht mehr herauskommt. Dieser gefürchteten Wüste fielen ganze Karawanen zum Opfer, und man glaubte, dass das Innere der Wüste von übernatürlichen Kräften beherrscht würde.

Bei den Oasenkönigen

Um nicht entdeckt zu werden, wählte Zuanzang eine wenig genutzte Seitenroute und es dauerte nicht lange, bis er den Weg nicht mehr erkennen konnte und sich verirrt hatte. Als er seinen Durst stillen wollte, glitt ihm auch noch der Wasserbeutel aus den Händen und das kostbare Nass versickerte in Sand. Fünf Tage lang quälte sich der Dürstende, auf dem Rücken seines Pferdes hängend, vorwärts, leise vor sich hinbetend, da die geschwollenen Lippen und die trockene Zunge keine Wörter mehr formen konnten. Schließlich verlor Zuanzang jedes Gefühl für Zeit und Raum. Auf einmal, ohne dass der erschöpfte Mann es bemerkte, änderte das alte Ross die Richtung. Als der Mönch wieder zu sich kam, befand er sich auf einem Fleckchen Erde mit frischem Gras. Hier ruhte er sich aus und sammelte Kräfte. Nicht lange nachdem sie sich wieder auf den Weg gemacht hatten, erreichten Pferd und Reiter die kleine Oase Hami. Als die Oasenkönige von dem Mönch aus China erfuhren, der allein die Taklamakan durchquert hatte, wollten ihn alle treffen und baten ihn, zu ihren Untertanen zu predigen.

Zu jener Zeit war Turfan das größte Oasenkönigreich und natürlich hörte auch dessen König von dem Mönch aus China. Als mächtiger Herrscher kam er selbstverständlich nicht persönlich zu Zuanzang, sondern schickte den Führer seiner königlichen Garde und 20 Soldaten, den Mönch zu ihm zu bringen. Zuanzang wurde ein herrschaftlicher Empfang bereitet, aber dann verlangte der König von ihm, dass er bleibe und seine Priester unterrichte. Der König von Turfan war gewohnt, dass man seinen Wünschen gehorchte, und als der Mönch darauf bestand, nach Indien reisen zu wollen, wurde er sehr wütend. Zuanzang verweigerte von Stunde an sämtliche Nahrung, auch als der König ihn eigenhändig füttern wollte. Als er schon ganz schwach war, flüsterte er: „Wenn ich sterbe, begrabt mich so, dass meine Augen nach Indien gerichtet sind!"

Da war der König von Turfan beschämt und sprach: „Ihr seid frei zu gehen. Ich bitte Euch nur, meine Leute vier Wochen lang zu unterrichten. In dieser Zeit lasse ich für Euch eine Karawane zusammenstellen, die Euch weiterbringt!"

Als die Zeit der Abreise kam, erhielt Zuanzang Juwelen, Gold und Silberstücke in Unmengen, Ochsen standen bereit, die vollbeladene Karren mit Wasser, Futter, Kleidung und Ballen von Seide für Gastgeschenke ziehen würden. Gleichzeitig hatte der König 24 Empfehlungsschreiben an Herrscher der Königreiche entlang der Reiseroute aufgesetzt, die Zuanzang Unterkunft bereiten würden. Begleitet von Dienern und einer Eskorte verließ der Mönch die Stadt Turfan und er versprach dem König freudig, auf dem Rückweg drei Jahre lang Station zu machen und die Menschen etwas vom dem zu lehren, was er selbst unterwegs gelernt hatte.

Xuanzang durchquerte die zentralasiatischen Wüsten, überwand den Himalaja und besuchte die heiligen Klöster in Indien. Erst nach 16jähriger Pilgerfahrt kehrte er nach Chang'an zurück und begann seine mitgebrachten Texte aus dem Sanskrit ins Chinesische zu übersetzen. Seine interessanten und sachlichen Reisebeschreibungen bildeten 1570 die Grundlage für den klassischen Roman von Wu Cheng'en *Die Reise nach Westen*. Hier wird ein Abenteuer dieser Reise nacherzählt, dabei trägt der Pilgermönch Xuanzang den Namen Tripikata – eine Referenz an seine Tätigkeit als Überbringer bedeutender buddhistischer Texte.

Monkey und der Flussdrache

Der Mönch Tripikata wurde auf seiner Reise nach Indien, wo er die heiligen Schriften des Buddhismus studieren wollte, von Monkey begleitet. Dieser kleine Affe war ein durchtriebenes Kerlchen, das meist Unsinn im Schilde führte, aber dennoch von jedermann geliebt wurde.

Gleich zu Beginn des Unternehmens kamen die beiden Gefährten zu einem wilden Fluss, aus dem sich plötzlich ein Riesendrache erhob. Monkey schubste den Mönch schnell zur Seite, konnte aber das Pferd des Mönchs nicht retten. Der Drache verschlang es mit Haut und Haar. Sofort machte Monkey sich auf, dem unglücklichen Tripikata sein Pferd zurückzuholen. Zweimal kämpfte er mit dem Flussungeheuer, doch er konnte nichts ausrichten, denn der Drache verwandelte sich in eine Schlange und verschwand im hohen Grase.

Da rief Monkey mit dem Zauberwort „Om" die himmlischen Geister zu Hilfe. Auch sie waren machtlos und flogen deshalb zu Kuan Yin, der Göttin der Barmherzigkeit. Diese hörte sich die Geschichte an und rief: „Um Himmelswillen, ich habe den Drachen extra in den Fluss gesetzt, damit er den Mönch durch die reißenden Fluten trägt. Am besten ist, ich schaue selbst einmal nach!" Schnell flog sie zum Fluss und traf dort den verzweifelten Tripikata und den wütenden Monkey an. Sogleich rief sie: „Dritter Sohn des Drachenkönigs komm hervor!" Schon teilten sich die Wellen und der Drache schob seinen gewaltigen Kopf heraus! „Hast du nicht gesehen, dass der Affe den Mönch begleitet?" fragte die Göttin. „Nein, er hat sich nicht vorgestellt, und ich war hungrig und habe deshalb das Pferd gefressen!" kam zur Antwort. Da lachte die Göttin, ging zum Drachen und entfernte den Juwel der Weisheit von seinem Kinn. Dann nahm sie ihren Zauberstab, einen Weidenast, schüttelte damit Tau über den Drachen, blies danach etwas Zauberatem auf seinen Kopf und sprach: „Verwandle dich!" Sofort wurde aus dem Ungeheuer ein Pferd, genau wie das, welches es verschluckt hatte.

Monkey war aber noch nicht zufrieden. Er lamentierte: „Es ist so schwierig nach Westen zu reisen und sicher müssen wir noch viele Gefahren überwinden. Kannst du uns nicht helfen?" Da nahm Kuan Yin abermals ihren Weidenzauberstab und strich damit über Monkeys Rücken. „Verwandle dich!" sprach sie. Drei der Blätter wurden zu Zauberhaaren, die sie dem Affen reichte. „Hier, Monkey, nimm diese, sie werden dir bei Gefahr helfen, egal wie groß diese auch ist!" Und wirklich, Mönch und Affe hatten noch viele Abenteuer zu bestehen, bevor sie mit den heiligen Schriften nach Chang'an zurückkehrten.

Xuanzang wird oft als Reisender mit einer Buchtrage voller buddhistischer Texte und Bilder dargestellt, denn als er schließlich nach Chang'an zurückkehrte, soll er Reliquien, Statuen und ungefähr 650 heilige Schriften mit sich geführt haben, die von 20 beladenen Pferden in die Stadt gebracht wurden. Kaiser Taizong zeigte sich so beglückt, dass er in der Anlage des im 7. Jahrhundert erbauten Klosters des „Großen Wohlwollens" (Da Ci'en si) den Bau der großen Wildganspagode veranlasste. Hier wurden nach der Fertigstellung alle Heiligtümer und Sutren aufbewahrt, und schnell entwickelte sich der Tempel zum wichtigsten buddhistischen Zentrum jener Zeit. Auch heute noch ist die große Wildganspagode das Wahrzeichen dieser geschichtsträchtigen Stadt, die unter dem neuen Namen Xi'an bekannt ist.

Der Mönch Zuanzang mit seiner Buchtrage voller buddhistischer Texte und Bilder.

5. Der Handel mit Seide und Pferden

Das chinesische Reich wurde ständig von den berittenen Nachbarvölkern bedroht, und die unbewegliche Armee des Kaisers konnte wenig gegen die flinken Reiter ausrichten. Es mussten deshalb Verträge ausgehandelt und Tributzahlungen geregelt werden. Glücklicherweise besaß jede Partei ein Produkt, das die andere haben wollte, und deshalb besteht während mehrerer Jahrhunderte ein enger Zusammenhang zwischen Pferden, Seide und Prinzessinnen.

Schon unter den Han war es eine Gepflogenheit, dass chinesische Prinzessinnen zu den Wusun, den Xiongnu und sogar bis zu den Yuezhi geschickt und deren Stammeshäuptlingen zur Ehe angeboten wurden. Für eine chinesische Prinzessin wurden Tausende solcher Pferde, die angeblich wie der Wind flogen, eingetauscht. Dazu brachte die Braut als Mitgift eine stattliche Anzahl an Seidenballen mit.

Die chinesischen Kaiser begehrten Pferde nicht nur für ihre Truppen, sondern betrachteten sie auch als mythische Wesen und Statussymbol. Von Kaiser Han Wudi erzählt man Folgendes:

Die Vorhersage

Kaiser Wudi war ein Pferdenarr und er liebte besonders gute Schlachtrösser. Eines Tages, als er mit Hilfe antiker Texte versuchte die Zukunft vorherzusagen, wurde ihm das Erscheinen „Himmlischer Pferde" aus Nordwest angekündigt. Sofort schickte er Botschafter zum König der Wusun, der wirklich im Nordwesten residierte, und bat um Pferde. Der König kam dem Wunsch nach und sandte ihm 1000 Pferde. Nun probierte der Kaiser selbst diese Pferde aus und war begeistert: Sie konnten Berge bezwingen, über Gewässer springen und durch die Ebenen galoppieren, als ob sie flögen. So machten sie ihrem Namen **tianma** *(Himmlische Pferde) alle Ehre. Als sich der Kaiser weitere 1000 Pferde erbat, wurden ihm diese wiederum gewährt. Nun verlangte der König von Wusun als Gegengabe jedoch die Hand einer Prinzessin aus kaiserlicher Familie. Dieser Bitte wurde ohne Zögern entsprochen. Das alles soll sich im Jahre 109 v. Chr. abgespielt haben.*

Die auf diese Weise verheirateten Prinzessinnen traf ein hartes Los. Zuerst mussten sie sich auf eine beschwerliche Reise machen, dann einen ihnen wesensfremden Mann heiraten und unter vollkommen ungewohnten Lebensbedingungen den Rest ihrer Tage verbringen. Die chinesische Prinzessin Hsi-Chin, die an einen kranken Nomadenherrscher der Wusun verheiratet worden war, hat ihre Gefühle in folgendem Gedicht ausgedrückt:

Mein Volk hat mich an das Ende der Welt verheiratet.
Sie haben mich in ein fremdes Land geschickt,
zu dem König der Wusun.
Meine Bleibe ist ein Zelt,
meine Wände sind aus Filz.
Rohes Fleisch und Stutenmilch: das ist meine Nahrung.
Ich denke nur an meine Heimat, und mein Herz wird traurig.
O daß ich nicht dem gelben Schwane ähnlich bin,
ich würde pfeilschnell in mein altes Haus fliehen.

Als Trost für das Dasein im unwirtlichen Land soll der kaiserliche Vater häufig Brokate und bestickte Seidenwaren gesandt haben, was jedoch das Leid der jungen Frauen nicht linderte.

Die Pferde von Wusun waren zweifelsohne Prachttiere, aber noch herrlicher waren die Pferde aus dem Königreich Dayuan, dem heutigen Ferghanatal, die Zhang Qian weiter westlich entdeckt hatte. Sie waren größer und widerstandsfähiger als chinesische Pferde, konnten schwerbewaffnete Soldaten über weite Strecken tragen, wobei ihre Hufe sich nicht so schnell abnutzten, wie die der im chinesischen Heer verwendeten Reittiere. Zuweilen sonderten die Pferde aus Dayuan einen rötlichen Schweiß ab, hervorgerufen durch Parasiten unter ihrer Haut, was ihnen den Namen „Blut schwitzende Pferde" eintrug.

Blut schwitzende Pferde

In den hohen Bergen Mittelasiens lebten einst wunderschöne wilde Pferde. Es war den Menschen jedoch nicht möglich, diese einzufangen. Da erdachten sich kluge Leute eine List. Sie ließen gescheckte Pferde auf den Wiesen am Fuße der Berge grasen. Bald lockten diese die Wildpferde an und paarten sich mit ihnen. Die Nachkommen der beiden Arten sonderten rötlichen Schweiß ab, von dem man annahm, es sei Blut, und so erhielt die neue Rasse ihren ungewöhnlichen Namen.

Ein gewitzter Regierungsbeamter machte sich die Pferdeliebe Kaiser Wudis zunutze.

Bao Lizhang

Es geschah im Jahre 120 v. Chr. in der Nähe der Stadt Dunhuang. Dorthin war ein chinesischer Regierungsbeamter namens Bao Lizhang strafversetzt worden. Zu seinen Aufgaben gehörte es, das Land zu bestellen und die Pferde zu hüten. Nun befand sich in seinem Gebiet ein großes, sumpfiges Gewässer, an das die wilden Pferde häufig zum Trinken kamen. Unter diesen Pferden entdeckt Bao eines Tages eines, das außergewöhnlich schön und stolz war, und dieses Pferd wollte er unbedingt besitzen. Bao Lizhang sann auf eine List. Er modellierte eine Figur in seiner Groesse, zog ihr seine Kleider an und steckte ihr Lasso und Trense in die Hand. Diese Figur stellte er ans Ufer des Wassers und wartete ab, was geschah. Das schöne Pferd war zuerst erstaunt, gewöhnte sich jedoch schnell an das fremde Wesen. Als Bao Lizhang glaubte, der rechte Zeitpunkt sei gekommen, stellt er sich selber an das Wasser und verhielt sich mucksmäuschenstill. Zur gewohnten Stunde trabte das Pferd heran und in dem Moment, als es zu trinken begann, fing der Mann es ein und legte ihm die Trense an. Bao Lizhang zähmte das Pferd und machte es dann dem Kaiser zum Geschenk, in der Hoffnung, dass ihm vergeben werde und er zu seiner Familie nach Henan zurückkehren dürfte. Da allgemein bekannt war, dass der Kaiser nicht nur schöne Rösser liebte, sondern auch an übernatürliche Kräfte glaubte, erzählte ihm Bao Lizhang, dass das Pferd aus dem Wasser heraufgestiegen und mit einem riesigen Sprung die Wiese erreicht habe. Kaiser Wudi glaubte, ein himmlisches Geschenk erhalten zu haben, und dichtete eine Ode „Das Lied vom Himmlischen Pferd". Darin spricht er von einem gottgegebenen Pferd, dem, wenn es galoppiert, roter Schaum aus den Nüstern quillt und das rötlichen Schweiß absondert.

Frances Wood zitiert in seinem Buch *Entlang der Seidenstraße* die Chronik *Han Shu*: „Sobald der Kaiser von den ‚blutschwitzenden' Nachkommen der Himmlischen Pferde gehört hatte, beauftragte er eine mit tausend Goldstücken und einem goldenen Pferd ausgerüstete Delegation, die außergewöhnlichen Pferde der Dayuan zu erwerben."

Laut Überlieferung ging dieser Wunsch nicht problemlos in Erfüllung, denn der König von Dayuan wollte seine edlen Tiere nicht in das weit entfernte Han verkaufen. Als die Gesandten des Kaisers ungehalten wurden, schlug man ihnen einfach die Köpfe ab. Darüber erzürnte sich der ‚Sohn des Himmels' derart, dass er eine Armee von 100.000 Mann aufstellen und nach Dayuan marschieren ließ. Es folgten vier Jahre Krieg, bis der König von Dayuan von seinem eigenen Volk enthauptet wurde und China schließlich 3000 Pferde erhielt."

Die Chronik „Han Shu" stellt die Zeit der Westlichen Han Dynastie dar. Sie enthält Kaiserannalen, Biographien, Beschreibungen von Fremdvölkern und Arbeiten über Literatur, Geographie und Astronomie. Mitverfasser waren Ban Gu und seine Schwester Ban Zhao, beides Geschwister des oben erwähnten Generals Ban Chao, der bei seinen Eroberungen bis zum Kaspischen Meer vordrang und wertvolle Erkenntnisse für das „Han Shu" liefern konnte.

Die himmlischen Pferde kommen,
sie kommen aus dem fernen Westen.
Den fliehenden Sand haben sie durchquert,

die neun Barbaren sind unterworfen.
Die himmlischen Pferde kommen,
dem Wasser einer Quelle entstiegen.
Die himmlischen Pferde kommen,
durch grasloses Land sind sie gegangen,
tausend Li haben sie zurückgelegt, um gen Osten zu ziehen.
Die himmlischen Pferde kommen,
genau in diesem Jahr.
Machen sich bereit, davonzustürmen, wer weiß wann?
Die himmlischen Pferde kommen,
man hat die fernen Tore geöffnet.
Ich möchte mich aufrichten und fortgehen bis zu den Kunlun-Bergen.
Die himmlischen Pferde kommen,
sie sind die Vermittler der Drachen,
durchschreiten die Pforte des Himmels
und betrachten die Jade-Terrasse.

Da der Besitz von Pferden ein Standessymbol war, sind schon seit der Han-Zeit genaue Aufwandsregeln überliefert, welche Arten von Wagen und wie viele Reiter man ab welchem Beamtenrang besitzen bzw. mitführen durfte. Nach dem Prinzip „Wie im Leben, so im Tod" wurden Pferde als Symbole des zu Lebzeiten genossenen Luxus des Verstorbenen als Grabbeigaben mitgegeben. In Deutschland kann man ein Bronzepferd mit Knecht aus der Östlichen Han Dynastie (2.-3. Jh. n. Chr.) in der Sammlung Ludwig des Museums für Ostasiatische Kunst in Köln bewundern.

Das fliegende Pferd mit dem Fuß auf einer Schwalbe stehend. In dem 1969 in Leitai/ Provinz Gansu entdeckten Grab eines Generals aus der Zeit der Späteren Han.

Während der Tang Dynastie, rund 500 Jahre später, gab es die unterschiedlichsten Pferderassen in Chang'an. Der kaiserliche Hof hatte ein eigenes Polofeld und neben den Stallungen für die Polo-Ponys auch solche für Jagdpferde, Kriegspferde und Pferde, die bei zeremoniellen Anlässen eingesetzt wurden. Viele dieser Pferde kamen als Tribut oder durch Handel aus entfernten mittelasiatischen Königreichen. Zu dieser Zeit führten die Frauen der Noblen ein freies Leben, sie durften reiten, Polo spielen und sogar an Jagden teilnehmen. Die kaiserlichen Prinzessinnen galten aber immer noch als Handelsware. Man verheiratete sie an westliche Höfe, um die

Verbindungen zu stärken und die Loyalität aufrührerischer Stämme zu erhalten. Kaiser Taizong scheute sich nicht, im Jahre 636 n. Chr. zwei seiner Töchter zwangszuverheiraten, um die unruhigen Tibeter und Tuyuhun zu besänftigen. Gräfin Monika von Borries beschreibt in ihrem Roman *Die weiße Tara* die Ankunft des tibetischen Brautwerbers in Chang'an, die strapaziöse zweijährige Reise von Prinzessin Wencheng durch die raue Gebirgslandschaft und das Leben der neuen Gemahlin des tibetischen Königs in Lhasa. Die chinesischen Prinzessinnen Wencheng und ihre Schwester Huanghua waren natürlich in kostbarste Seide gehüllt, als sie mitsamt ihrem Gefolge Chang'an verließen. Im Roman heißt es:

Die Prinzessinnen selbst saßen in Sänften. Um sich vor dem feinen Staub zu schützen, hatten sie Haar und Gesicht mit „Wolkenschleiern" geschützt, wie die feinen Seidengespinste aus dem Süden des Reiches genannt wurden. Durch sie hindurch lächelten und winkten sie mit seidenbehandschuhten Händen tapfer dem Volk von Chang'an zu. Die Bewegung ihrer Seidenschals und langen Ärmel ließ viele an die fliegenden Göttinnen denken, wie man sie aus den Märchen kannte. Blumen und rote Glücksstreifen regnete es auf die Sänften und die Hofdamen, Tänzerinnen und Musikerinnen, die mit ihnen die Stadt verließen.

Wencheng war eine gläubige Buddhistin, die sich für ein friedliches, sich kulturell gegenseitig befruchtendes Miteinander beider Völker einsetzte. Sie wird heute noch als vieläugige „Weiße Tara" (Schutzgöttin) in Tibet verehrt.

Im Jahre 710 n. Chr. kam eine weitere chinesische Prinzessin, die dreizehnjährige Jincheng, nach Lhasa. Ihr Großonkel, der Tang-Kaiser Zhongzong, hatte sie als Friedenspfand zum Dach der Welt geschickt. Gerne folgte das junge Mädchen dem Befehl, denn sie wusste um die großen Taten Wenchengs und wollte ihr nacheifern. Mit dem Ziel „Waffen zu Jade und Seide" und „Feinde in Freunde" zu verwandeln, machte sie sich mit ihrem Tross auf den Weg. Doch die Götter waren Jincheng nicht gnädig gestimmt. Ihr zukünftiger Gatte wurde, als er sie nach Lhasa führen wollte, tödlich verletzt, und so zog die junge Frau mit seinem Leichnam in der tibetischen Hauptstadt ein. Hier wusste man nicht was tun, denn zurückschicken konnte man die Prinzessin nicht, da ein Teil des Brautgeschenks, ein fruchtbarer Landstrich am Gelben Fluss, schon von den Nomaden besiedelt worden war. Jincheng musste also im fremden Tibet ausharren, auch wenn der neue König erst sechs Jahre alt war.

Auch Taihe (821-843) war eine Prinzessin, die nach Westen verheiratet wurde. Als Schwester des regierenden chinesischen Kaisers traf sie das Schicksal der Verbannung, denn ihre Hochzeit sollte die schwierigen politischen Verbindungen zu den Uighuren stärken: Taihe reiste mit ihrem Gefolge, selbst auf einem Pferd reitend, ins Land der Uighuren.

Susan Whitfield schildert in *Life along the Silk Road* die Kleidung von Prinzessin Taihe, die sie in Karabalghasun, der damaligen Hauptstadt der Uighuren, trug:

In Seide gekleidet

Taihes chinesische Kleidung bestand aus einem bauschigen Unterkleid aus dünner Seide, die Hosen wurden mit einer

Seidenkordel zusammengebunden. Darüber trug sie eine feste, gewebte Seidenrobe, einem japanischen Kimono gleich, die lose unterhalb der Taille gebunden wurde und ein beachtliches Décolleté sehen ließ. Nun kam ein schürzenartiges Kleidungsstück, in einer Kontrastfarbe, das bis zum Boden reichte und über ihrer Brust verschnürt war, wie bei einem traditionellen koreanischen Kleid. Zum Schluss wand sie sich einen langen, schmalen Seidenschal um Schultern und Arme. Die gebogenen Spitzen ihrer gestickten, roten Seidenpantoffeln lugten noch gerade unter ihrer Kleidung hervor. Alle Seide war in den kaiserlichen Werkstätten in Chang'an hergestellt worden.*

.Aus Taihes Lebensbericht ist zu erfahren, dass zur damaligen Zeit ein Abgeordneter des chinesischen Hofes mit einer halben Million Ballen Seide ankam, um Ponys zu kaufen. Ein Ballen betrug ca. 30 Fuß, die Höchstmenge, die ein geübter Weber an einem Tag herstellen konnte. Eine halbe Million Ballen stellen deshalb die Arbeit von mehr als 10.000 Arbeitstagen dar.

Während der Tang-Dynastie ordneten die Herrscher offiziellen Gewändern, die selbstverständlich aus Seide waren, bestimmte Farben und Muster zu. Gelb, dem Kaiser vorbehalten, wurde wie schon seit altersher für die zeremoniellen Roben verwandt. Aber der Sohn des Himmels kleidete sich bei seinen täglichen Unternehmungen gerne in purpurne Gewänder, da Purpur die prestigeträchtigste Farbe der Zeit war. Nachdem der Herrscher die byzantinischen Seidenstoffe mit dem sagenumwobenen Purpur aus Tyros gesehen hatte, befahl er, diese Farbe nachzuahmen, und es gelang. Die Chinesen fanden ein pflanzliches Färbemittel, das weitaus kostengünstiger war als das in Tyros aus Schalentieren gewonnene. Sowohl im Westen als auch im

Osten wurden alle kostbaren Textilien in kaiserlichen Werkstätten hergestellt, und wer es wagte, kaiserliche Stile zu imitieren, riskierte sein Leben. Die purpurne Robe kennzeichnete einen gehobenen Stand, und um sie tragen zu dürfen, musste man nicht nur aus einer noblen Familie stammen, sondern sich außerdem noch Verdienste erworben haben. Eine Geschichte aus dem Buch *Anecdotes Inside and Outside the Tang Court* erzählt davon.

Die Farbe Purpur

Kaiser Taizong, der Gründer der Tang-Dynastie, hatte einen Freund aus Jugendtagen, namens Wang Xian. Als sie Kinder waren, spielten sie oft zusammen und der zukünftige Kaiser hänselte Wang Xian, indem er behauptete, der Freund wäre erst in der Lage, sich einen Kokon zu spinnen, so wie es die Seidenraupe tut, wenn er schon ein hohes Alter erreicht hätte. Er wollte damit sagen, dass der Freund erst spät im Leben Erfolg haben würde.

Nachdem Taizong auf dem Thron saß, kam Wang Xian und bat ihn um eine Gunst. Er fragte: „Kann ich nun einen Kokon spinnen?" Der Kaiser lächelte und meinte, er sei sich noch nicht sicher. Den fleißigen Söhnen seines Jugendfreundes gab er jedoch gute Positionen. Wang wollte sich nicht begnügen und sprach abermals beim Kaiser vor. Es verlangte ihn so sehr nach dem Ruhme, dass er erklärte, er würde sein Leben geben, wenn ihm nur die Ehre zuteil würde, fürstliche Kleidung zu tragen. Der Kaiser gewährte ihm schließlich die purpurne Robe und einen goldenen Gürtel. Noch in derselben Nacht verstarb Wang Xian, denn für den, der sich die Robe nicht verdient hatte, wurde sie zum Fluch.

Die kaiserlichen Werkstätten konnten während der weltoffenen Tang Dynastie kaum den Seidenbedarf des Hofes decken. Man sagt, dass in den rauschenden Tagen von Kaiser Xuanzong (712-756) allein hundert offizielle Weber angestellt waren, die ausschließlich Seide für die kaiserliche Konkubine Lady Yang herstellten.

6. Der lange Weg der Seide von Ost nach West

Durch Wüsten, Oasen, Königreiche und Metropolen

Da man in der westlichen Welt nicht genau wusste, wie das himmlische Produkt hergestellt wurde, bekam es dort einen besonderen, geheimnisvollen Reiz. Laut geschichtlicher Überlieferung war Seide im ersten Jahrhundert nach Chr. in Rom nicht nur bei den Damen beliebt, sondern auch Kaiser Caligula (reg. 37-41) kleidete sich allzu gern in den Stoff, der leicht wie eine Wolke und durchsichtig wie Eis war. Seine Untertanen bedachten ihn deshalb mit dem Spitznamen „Sericatus". Seide wurde aber nicht von allen gerne gesehen, galt sie doch als ein Zeichen von Dekadenz. Frances Wood schreibt in seinem Buch *Entlang der Seidenstraße* Folgendes:

> *Seneca der Ältere war entsetzt über die Durchsichtigkeit feiner Seide und wetterte, dass junge Frauen mit lockerer Moral durch ihre dünnen Kleider so gut zu sehen seien, dass jeder Außenstehende oder Fremde ihren Körper genauso gut kennen würde wie ihr Ehemann. Er ermahnte diese Frauen zu größerer Sittsamkeit und warnte sie vor den Folgen, die zu erwarten seien, wenn man, fast so nackt, als habe man seine Kleider ausgezogen, ausginge. Die Schärfe dieser Kritik sowie gelegentliche Versuche, den Seidenverbrauch aus wirtschaftlichen Gründen einzuschränken, vermochten aber nichts gegen die Beliebtheit des Stoffs in Rom auszurichten.*

Der Einkauf großer Mengen von Seide verbrauchte zu viele Staatsmittel. Tacitus berichtet, dass der römische Senat im Jahre 16 n. Chr. den Männern das Tragen von Seidenkleidung verbot. Selbstverständlich konnten sich nur die oberen Schichten das extravagante Material leisten, und die Noblen verhielten sich weiterhin, wie es ihnen beliebte. Dem einfachen Volke blieb Seide weitgehend unbekannt. Vor diesem Hintergrund ist auch folgende Legende zu verstehen. Laut Überlieferung des Geschichtsschreibers Flores sollen die römischen Soldaten erstmals im Jahre 53 v. Chr. offiziell mit chinesischer Seide in Berührung gekommen sein. Das geschah in der Schlacht von Carrhae, in der die Römer gegen die Parther, ein iranisches Volk, kämpften und vernichtend geschlagen wurden.

Die Niederlage

Bei dem Ort Carrhae, in der heutigen Osttürkei, kämpften die Römer unter der Führung von Marcus Linius Crassus gegen die Parther. Das römische Heer bestand aus 42.000 Legionären, die im Nahkampf gedrillt waren. In dem unwegsamen Kriegsgelände konnten sie sich gegen die sie ständig umkreisenden Bogenschützen der Parther kaum zur Wehr setzen. So verloren schließlich 20.000 römische Soldaten ihr Leben und 10.000 wurden gefangen genommen. Es heißt, dass die restlichen Legionäre, als sie die lauten Schreie der Reiter hörten und die riesigen, in der Sonne glänzenden seidenen Banner ihrer Feinde erblickten, vor Schreck Reißaus nahmen.

Die langen Auseinandersetzungen der Römer mit den Parthern, bei denen es sowohl um Land als auch um Handelsinteressen ging, machten die westliche Seidenstraße unsicher. Erst als die Kämpfe durch das diplomatische Geschick des ersten römischen Kaisers Augustus beendet werden konnten, blühte der Handel wieder auf.

Wir folgen nun dem abenteuerlichen Weg, den die Seide von China aus genommen hat, bis sie Italien erreichte.

Die Große Mauer

Die chinesischen Kaiser versuchten ihr Land durch Bauwerke vor einfallenden „Barbaren" zu schützen. Der Ausdruck „Große Mauer" ist ein Oberbegriff für die Verteidigungswälle geworden, welche die Qin, die Han, die Nördlichen Qi, die Sui und schließlich die Ming errichteten. Diese Verteidigungsmauern wurden „Grenzmauern" oder „Lange Mauern" genannt, um sie von den um die Städte führenden Mauern zu unterscheiden. In einem Bauprojekt von 12jähriger Dauer ließ Kaiser Qin Shihuang die einzelnen Teile zusammenfügen und erschuf damit die erste Version der Großen Mauer. Solange sich die chinesischen Händler mit der kostbaren Seide im Bereich der Großen Mauer befanden, fühlten sie sich noch relativ sicher auf ihrer gefährlichen Reise, denn das Feindesland lang jenseits der Befestigungswälle. Dass diese Sicherheit mit Millionen von Menschenleben bezahlt worden war, daran erinnert eine traurig romantische Geschichte aus jener Zeit.

Die bitteren Tränen der Meng Jiangnu

Während der Qin-Dynastie (221-206 v. Chr.) lebte in der Provinz Shaanxi ein Ehepaar namens Meng. Die beiden hatten keine Kinder, und so pflegte Herr Meng seinen Garten mit Hingabe. Einmal im Frühjahr steckte er den Samen eines Flaschenkürbisses in die Erde und es dauerte nicht lange, bis eine kräftige Pflanze empor schoss, die sich am Holzzaun hochrankte und zum Nachbarn, Herrn Jiang, hinüber wuchs. Auch das Ehepaar Jiang war kinderlos geblieben, und deshalb umsorgten beide Männer die Pflanze. Im Herbst konnten sie eine riesengroße reife Frucht ernten und sie beschlossen, diese zu teilen. Wie erstaunt waren sie, als sie im Kürbis ein wunderschönes Mädchen entdeckten. Man einigte sich darauf, es gemeinsam aufzuziehen und ihm den Namen Meng Jiangnu zu geben, was Meng Jiangs Tochter bedeutet.

Die Jahre gingen dahin und Meng Jiangnu wuchs zu einer bildhübschen jungen Frau heran. Zu jener Zeit beschloss Kaiser Qin Shihuang eine große Mauer zu bauen. Er schickte deshalb seine Soldaten aus, alle jungen Männer in den Dörfern zum Mauerbau zu verpflichten.

Fan Qiliang war ein junger Intellektueller, der den Häschern entkommen wollte, und er versteckte sich zufällig in Mengs Garten. Als das junge Mädchen den Mann erblickte, verliebte sie sich auf den ersten Blick in ihn und ihre Zieheltern hatten nichts gegen eine Heirat. Das Glück währte aber nicht lange, denn der Ehemann wurde aufgespürt und musste den kaiserlichen Soldaten folgen.

Monat um Monat verging und Meng Jiangnu hörte nichts von ihrem Liebsten. Da der Winter nahte und sie Angst hatte, er *könne erfrieren, nähte sie gepolsterte Kleidung und machte sich auf, ihn zu suchen. Sie wanderte Tag und Nacht, bis sie schließlich die Mauer erreichte, dort wo sich heute der Shanhai Pass befindet. Fan Qiliang aber war zwischenzeitlich schon an Erschöpfung gestorben und seine Knochen, wie die aller anderen Toten, in der Mauer verscharrt. Als Meng Jiangnu die traurige Nachricht vernahm, brach sie zusammen und weinte bitterlich. Plötzlich erklang ein dumpfes Grollen und ein mehr als 20 km langes Stück der Mauer stürzte ein. Zwischen den einzelnen Brocken kamen die sterblichen Überreste zehntausender Menschen zum Vorschein. Meng Jiangnu biss in ihre Fingerspitze, berührte mit ihrem Blut die Skelette und hoffte auf ein Zeichen. Als schließlich einige Knochen ihr Blut aufsaugten, wusste sie, dass sie Fan Qiliang gefunden hatte. Sie sammelte die Knochen auf und barg sie in ihrem Schoß.*

Kaiser Qi Shihuang inspizierte zu diesem Zeitpunkt gerade den Mauerbau und hörte von diesem Vorfall. Schnell wollte er sich von dem Schaden überzeugen und die Frau bestrafen. Als er jedoch die hübsche Meng Jiangnu erblickte, gefiel sie ihm so gut, dass er sie zur Frau haben wollte. Die junge Witwe unterdrückte ihren Ärger und stimmte unter drei Bedingungen zu. Erstens forderte sie eine würdevolle Bestattung ihres Gatten, zweitens verlangte sie, dass der Kaiser mit seinem Gefolge daran teilnehmen müsse, und drittens wollte sie das Meer sehen.

Der Kaiser ging auf alle Forderungen ein und fuhr schließlich mit ihr in einer prächtigen Dschunke zur Bohai-Bucht vor den Toren Pekings, in der Erwartung nun bald seine hübsche neue Frau in die Arme schließen zu können. Meng Jiangnu aber hatte schon lange einen Entschluss gefasst. Nachdem der Geist ihres Mannes nun seinen Frieden gefunden hatte, konnte sie beruhigt sterben. In einem unbeobachteten Augenblick stürzte sie sich von der Dschunke in die Fluten.

In Erinnerung an Meng Jiangnu und die unzähligen Opfer, die der Bau der großen Mauer gefordert hat, bauten Generationen später einen Tempel am Shanhai Pass, vor dem eine große Statue von Meng Jiangnu zu finden ist.

Schon während der Zhou Zeit (1046-771 v. Chr.) wurden in die Mauer jeweils in einer Entfernung von 432 Metern Wachtürme integriert, die neben ihrer eigentlichen Aufgabe als Entfernungsmesser dienten. Auf diesen Wachtürmen entzündete man auch Feuer, um Informationen zu übermitteln. Eine Legende erzählt aus jenen Tagen:

Das Lächeln der Konkubine

Im 8. Jh. v. Chr. stand China unter der Regierung von Zhou-König Youwang. Dieser nicht gerade sehr intelligente König hatte eine wunderschöne Konkubine namens Baosi. Obwohl Baosi in der Gunst des Königs an erster Stelle stand, zeigte sich nie ein Lächeln auf ihrem ebenmäßigen Gesicht. Der König dachte Tag und Nacht darüber nach, wie er die schöne Frau erheitern könne. Schließlich glaubte er eine gute Idee zu haben. Er gab den Befehl, trockenen Wolfskot auf dem Wachtturm anzuzünden, was als Alarmsignal galt. Alle Lehnsnehmer, die das Rauchsignal sahen, eilten mit ihren Truppen zum König. Als Baosi sah, wie die Fürsten in aller Eile mit ihren Truppen ihrem höchsten Lehnsherrn zu Hilfe kommen wollten und niedergeschlagen *wieder umkehren mussten, da es sich nur um einen Scherz handelte, ja, da zeigte sich auf ihren Lippen erstmals ein Lächeln, jedoch ein höhnisches.*

Später aber, als der Nomadenstamm der Quanrong die Residenz des Königs angriff und der König Rauch- und Feuersignale aussenden ließ, kam ihm niemand mehr zu Hilfe. Die westliche Zhou-Dynastie ging zugrunde und im Volksmund hieß es: Das Lächeln einer Konkubine führte eine Dynastie in den Abgrund!

Der deutsche Dichter Hermann Hesse wurde von diesem Thema inspiriert und schrieb eine wunderschöne Erzählung mit dem Titel *König Yu – Eine Geschichte aus dem alten China.*

Das Jadetor – Das Tor der Dämonen

Ein markanter Punkt auf dem Handelsweg war das Jadetor, auch „Schlagbaum nach dem lieblichen Tal", „Das Tor der Dämonen" oder „Der erste große Pass unter dem Himmel" genannt. Der 1130 Meter hohe Yumenguan-Pass war lange Zeit der Ort, an dem die Händler und Reisenden das chinesische Reich betraten oder verließen, ein Ort also von unvorstellbarer Bedeutung, weshalb es nicht erstaunlich ist, dass er mehrere wohlklingende Namen erhielt.

Schon in den Han-Annalen wird der Ort als bedeutender chinesischer Außenposten an der Grenze zum Barbarenland erwähnt. Zahlreiche Gräber aus dem 3.-5. Jahrhundert zeugen von einer frühen Besiedlung. Der Kaiser pflegte die Grenzstationen seines Landes willkürlich mit Umsiedlern und Soldaten zu besetzen. Chinesen, die nichts mehr lieben als ihren Familienclan, empfanden das harte Leben am Rande des Reiches als äußerst schwer. Ein anonymer Dichter schrieb:

Bitterer Kummer ist es, an der Grenze zu wohnen. Drei meiner Söhne gingen nach Dunhuang, ein weiterer wurde nach Longhau geschickt, der fünfte weiter nach Westen, ihre fünf Frauen sind schwanger.

Li Po (699-762), der berühmte Dichter der Tang-Dynastie hat in einem sehr schönen Gedicht die Gefühle seiner zurückbleibenden Gattin beschrieben. Interessanterweise schreibt sie ihren Liebesbrief auf Seide aus Lu.

Auf Seide aus Lu,
berühmt durch ihr strahlendes Weiß,
schrieb einen Brief ich dem Krieger
mit farbiger Tusche

Zum fernen Meer
in das kalte und grausame Land
trägt ihn der Liebe Beschützer –
der Papagei

Der Brief ist nur kurz
hat der Zeichen und Zeilen nicht viel,
doch voller Bedeutung ist
der winzigste Strich
Der Krieger empfängt

den Brief, das Siegel er löst.
Es strömen ihm lange Tränen,
er kann sie nicht halten.

Lu Chu Yung, ein späterer Dichter aus dem 9. Jahrhundert, hat den Gefühlen der Soldaten ebenfalls in einem Gedicht Ausdruck verliehen:

Jahr für Jahr, sei's am Goldenen Fluss
oder am Pass des Jadetores,
Morgen für Morgen greifen wir unsere Peitschen
und gürten unsere Schwerter.
Im weißen Schnee dreier Frühlinge
haben wir unsere Kameraden in grünen Gräbern
der Verbannung begraben,
wo über zehntausend Li der Gelbe Fluss
sich durch die Schwarzen Berge windet.

Durch die Jahrhunderte hatten viele Reisende, die zum Jadetor kamen, das Gefühl, zum letzten Mal in der Zivilisation zu sein, bevor sie die Wildnis betraten, denn Menschen und Waren verließen hier das geschützte chinesische Territorium.

Noch im 20. Jh., als drei europäische evangelische Missionarinnen, die beiden Schwestern Evangelina und Francesca French und Mildred Cable, auf der Seidenstraße reisten, wurden sie mit alten Warnungen bekannt gemacht. Nachdem sie 25 Jahre in China für ihren Glauben gewirkt hatten, zogen sie nach Gansu und besuchten anschließend alle Oasen im Tarim-Becken. In ihrem Reisebericht von

1925 /26 *Durch das Jadetor* erzählen sie von einem ungewöhnlichen Brauch, dem man zu diesem Zeitpunkt noch folgte.

Das Orakel

Li Bao, der junge Händler aus Chang'an, war zum ersten Mal mit einer Karawane unterwegs nach Kashgar. Dort wollte er seine Seidenballen gegen Schätze aus den westlichen Ländern eintauschen. Ein immer mulmigeres Gefühl beschlich ihn, je näher sie der Oasenstadt Jiayuguan kamen. Hier am Ende der großen Mauer galt das Jadetor als das Tor zu den Dämonen. Man hatte ihm erzählt, dass man hier ein Orakel über den weiteren Verlauf der Reise befragen könne. Dazu musste man einen Geröllstein aus der großen Mauer nehmen und ihn mit aller Kraft gegen diese schleudern. Sprang der Stein in die Richtung des Werfers zurück, so war es ihm bestimmt, heil und erfolgreich nach Hause zurückzukehren. Fiel er jedoch auf einen hohen Steinhaufen, so zog der Reisende schweren Herzens weiter, während in seinem Kopf die Stimmen der Landsleute flüsterten: „Wer Jiayuguan verlässt, lässt das Land der Menschen hinter sich und betritt das Land der Geister!" Li Bao ergriff einen Wackerstein, holte weit aus und warf...

Um vom Jadetor aus nach Dunhuang, der nächsten größeren Siedlung, zu gelangen, muss man eine vegetationslose Sand- und Geröllwüste durchqueren, in der nur vereinzelt kleine Oasen verstreut liegen.

Dunhuang – Die Schatzkammer der östlichen Kunst

Dunhuang ist am westlichen Ende des Hexi-Korridors in der Provinz Gansu gelegen. Der Ort wurde im Jahre 111 v. Chr. auf Befehl von Kaiser Han Wudi als Präfektur gegründet. Zogen Reisende von hier aus nach Westen, so verließen sie nicht nur die schützende Oase, sondern auch den letzten chinesischen Außenposten. Es war, wie schon erwähnt, eine gefährliche Reise ins Ungewisse. Wang Wei, ein Dichter der Tang-Dynastie, lässt die Handelsreisenden folgende Worte sprechen:

Bitte mein Freund,
lass uns noch einen Becher Wein trinken,
denn westlich von Dunhuang
gibt es keine Freunde mehr!

Den wirtschaftlichen und kulturellen Aufstieg verdankt die Oase Dunhuang ihrer strategischen Lage. Hier trennten beziehungsweise trafen sich die beiden Routen der Seidenstraße. Die nördliche Route führte durch Hami, die Turfan-Oase, durch Kocho und traf schließlich in Kashgar, am Südhang des Himmelsgebirges gelegen, mit der südlichen Route zusammen, an der die Oasen Khotan und Yarkand lagen.

Die meisten Händler der Seidenstraße bereisten nur Teile der Strecke, verkauften in wichtigen Handelszentren ihre Waren (hauptsächlich Seide, Glaswaren, Edelsteine und Gewürze) und handelten neue Waren ein. An diesen Orten trafen sich die unterschiedlichsten Völkergruppen und somit auch die verschiedensten

Glaubensrichtungen, wie Buddhismus, Islam, Judentum und Christentum, denn ebenso wichtig wie der Warenaustausch war der kulturelle Austausch. Dunhuang entwickelte sich früh zum Zentrum des buddhistischen Glaubens. Händler besuchten auf ihrer gefährlichen Reise die nahe der Stadt Dunhuang gelegenen Grotten, heute unter dem Namen „Mogao-Grotten" bekannt, um dort Opfer darzubringen und um Beistand zu bitten. Eine Legende erzählt von der Entstehung der ersten Grotte:

Die Erscheinung

In Jahre 366 wandelte der buddhistische Mönch Lezun (Luozun) in der Gegend des Mogaoku Felsrückens. Während er so ging, gelangte er zu einem Berg und bemerkte plötzlich ein goldenes Licht, dessen Form aus 1000 Buddhas gebildet war. Daraufhin grub er zu Ehren Buddhas in die Sandsteinklippen im Tal des Dang-Flusses die erste Grotte, in der er dann ungestört meditierte.

Im Laufe der folgenden Jahrhunderte folgten immer mehr Mönche und unzählige Gläubige seinem Beispiel; sie höhlten die Wände des Kliffs aus und schufen Grotten mit herrlichen Wandgemälden und Statuen. Zwischen dem 4. und 13. Jh. entstanden so ungefähr 1000 Grotten, von denen fast die Hälfte noch erhalten ist. Die Gemälde an Wänden und Decken stellen Szenen aus dem Leben Buddhas dar und Legenden von seinen früheren Existenzen (Jatakas). Mit Hilfe dieser bildlichen Darstellung konnte man auch Personen, die des Lesens und Schreibens unkundig waren, die Lehre Buddhas nahe bringen. In einer einzigen Höhle sind zuweilen mehrere Geschichten dargestellt.

Anke Kausch hat in ihrem Buch *Seidenstraße* einige nacherzählt, die hier zusammengefasst wiedergegeben werden. Selbst wenn sich die Anekdoten nicht explizit mit der Seide befassen, so sind sie doch aufschlussreich in bezug auf die sozialen und sittlichen Konventionen, die auch den Seidenhandel in diesem geografischen Raum beeinflussen. Die Höhle 254 ist König Shivi gewidmet:

König Shivi und die Taube

Eine Taube wurde von einem hungrigen Raubvogel gejagt und suchte Zuflucht bei König Shivi. Dieser bat den Raubvogel, die Taube zu verschonen. Der Raubvogel entgegnete jedoch, dass er Hungers sterben müsse, wenn er die Taube nicht fresse. Daraufhin nahm Shivi eine Waage, setzte die Taube in eine Waagschale, schnitt sich ein Stück Fleisch aus dem Bein und legte es in die andere. Doch so viel Fleisch er sich auch herausschnitt, es erreichte nie das Gewicht der Taube. Schließlich entschied er sich, sich gänzlich für die kleine Taube hinzugeben. Da ertönte Donnergrollen, und die Erde begann zu beben. Taube und Adler verschwanden. Die Götter hatten König Shivi nur prüfen wollen.

In der Höhle 257 entdeckt man mehrere Szenen zu der beliebten Legende:

Der neunfarbige Hirsch

Es lebte einst ein Hirsch mit einem wunderschönen neunfarbigen Fell und schneeweißem Geweih. Eines Tages sah der Hirsch einen Mann im Fluss, der am Ertrinken war. Schnell sprang er in die Fluten und rettete ihn. Der Mann war dem Hirsch so dankbar, dass er sich ihm als Diener anbot, doch der Hirschkönig verlangte lediglich, dass der Mann niemandem verraten solle, wo er zu finden sei.

Zur gleichen Zeit erschien der Königin des Landes der Hirsch im Traum. Sie war so fasziniert von seinem Bild, dass sie sein Fell und sein Geweih um jeden Preis besitzen wollte. So stellte sie sich krank und bat ihren Gatten, den Hirsch zu erlegen. Schaffe er das nicht, so müsse sie sterben, behauptete sie. Der König ließ sodann im Lande bekannt geben, wer immer ihm den neunfarbigen Hirsch beschaffe, mit dem wolle er sein Reich teilen.

Das hörte auch der arme Mann, der einst vom Hirschkönig gerettet worden war, und üble Gedanken beschlichen ihn. Er begab sich zum Palast und verriet dem König den Aufenthaltsort des Hirsches. Der königliche Jagdtrupp begab sich zu den Ufern des Flusses und überraschte den Hirsch im Schlaf. Als dieser sich umringt sah, rief er: „Halt! Schießt nicht! Ich habe Eurem König etwas zu sagen!" Der König hörte ihn an und erfuhr, dass der Hirsch vor einigen Tagen den Mann aus den Fluten gerettet habe und dieser heute aus Habgier seinen Schwur, ihn nicht zu verraten, gebrochen habe. Da errötete der König vor Scham und Wut. Er verdammte den Verräter und ließ den Hirsch ziehen. Zurück in der Hauptstadt erließ er, dass niemand im Lande den neunfarbigen Hirsch jagen dürfe.

Der Verräter und die habgierige Königin wurden bald darauf krank vor Scham und starben. Von nun an grasten Herden neunfarbiger Hirsche auf den üppigen Weiden des Königreichs. Die Menschen lebten in Frieden und Wohlstand, das Land blühte und wurde nie wieder von Unwettern und anderen Katastrophen heimgesucht.

In der gleichen Grotte findet man an der nördlichen Wand Szenen aus der Legende von

Shramanera

Shramanera, ein junger Mann, entschloss sich, sein Leben Buddha zu weihen, und ging bei einem Weisen in die Lehre. Als er für sich und seinen Meister Almosen erbetteln sollte, öffnete ihm eine junge, schöne Frau. Sie verliebte sich augenblicklich in Shramanera und versuchte, ihn zu verführen. Dieser blieb jedoch standhaft. Eher würde er sich umbringen, als die Gesetze Buddhas zu brechen, schwor er und schnitt sich im Nebenzimmer die Kehle durch. Als die junge Frau ihn entdeckte, war sie untröstlich und beichtete reuevoll ihrem Vater, was sich zugetragen hatte. Der König des Landes hatte Mitleid mit der Schönen und großen Respekt vor dem jungen Shramanera, der ihren Reizen hatte widerstehen können. Er ließ die Frau in kostbare Gewänder kleiden und präsentierte sie gemeinsam mit dem Leichnam des Shramanera seinem Volk. Ehrfürchtig verneigten sie sich vor ihm und viele lebten fortan nach der Lehre Buddhas.

Der relativ gut erhaltene Zustand der Grotten ist dem trockenen Wüstenklima zu verdanken und dem Umstand, dass die gesamte Anlage jahrhundertelang in Vergessenheit geraten war. Seit dem 15. Jahrhundert wurden die Grotten nicht mehr besucht, und so eroberten Sanddünen die Anlage, versiegelten die Eingänge und schützten Wandmalereien und Skulpturen nicht nur vor Verwitterung, sondern auch vor Zerstörung durch Menschenhand. Erst im Jahre 1899 entdeckte der daoistische Mönch Wang Yuanlu, der als Abt für die Grotten zuständig war, die heute weltweit berühmte „vermauerte Bibliothek" mit mehr als 50.000 Dokumenten und Kulturzeugnissen vom 4. bis zum 10. Jahrhundert. Zuerst bot er einen Teil der alten buddhistischen Manuskripte den lokalen Behörden zum Kauf an, da er Geld für die Erhaltung der Grotten und Schriften erzielen wollte. Dann erfuhren westliche Wissenschaftler von dem spektakulären Fund, und Sir Aurel Stein war der erste der *„Freibeuter der Wissenschaft"*, der 1907 in Dunhuang erschien und im Auftrag der britischen Krone 6500 Handschriften, 500 Malereien und 150 Brokatstücke für nur 130 englische Pfund erwerben konnte. Viele dieser Schätze sind heute im British Museum in London zu betrachten. Als nächster erschien 1908 der Franzose Paul Pelliot in Dunhuang, ein hervorragender Sinologe, der für die Bibliothèque Nationale von Paris 6000 Handschriften aufkaufte; ihm folgte der Russe Sergej Oldenburg, dessen Ankäufe man in Petersburg bestaunen kann. Weitere westliche Wissenschaftler erschienen bis 1943 und erwarben Kunstschätze für die Museen ihrer Heimat. Seit 1944 hat die chinesische Regierung dem „Ausverkauf" einen Riegel vorgeschoben und es kümmert sich das *Dunhuang Research Institute* um die Erforschung und Erhaltung der Grotten. Glücklicherweise hat Premierminister Zhou Enlai während der Kulturrevolution seine Hand schützend über die Anlage gehalten.

    Neben den Mogao-Grotten gibt es außerhalb von Dunhuang ein Naturereignis, das in heutiger Zeit jährlich unzählige Touristen anzieht. Es sind die sogenannten „Berge des klingenden Sandes"

(Mingsha Shan). Hier hat der feine, gelbliche Flugsand der Wüste bis zu 250 Meter hohe Sanddünen gebildet, die zuweilen schrille, ja donnernde Töne von sich geben. Schon Marco Polo berichtet von Reisenden, welche die Laute verschiedener Musikinstrumente, besonders die von einer Art Trommeln, vernommen haben wollen. Tatsächlich entstehen durch das Aneinanderreiben der von der Hitze erwärmten Sandkörner pfeifende Geräusche. Die heutigen Besucher versuchen dieses Phänomen zu erzeugen, indem sie auf Brettern die Dünen hinunterrutschen. Aus alter Zeit stammt folgende Sage, die versucht, die fremden Geräusche zu begründen.

Die nicht enden wollende Schlacht

Vor vielen, vielen Jahrhunderten trafen in der Wüste bei Dunhuang zwei Armeen aufeinander, die sich erbittert bekämpften. Da kam plötzlich ein heftiger Sandsturm auf, unter dessen Sandmassen beide Armeen begraben wurden. Die Geräusche, die heute noch vernommen werden, sind das Kriegsgeschrei der toten Soldaten.

In den „Geschichten von Dunhuang" wird obige Begebenheit ausführlich und farbenfroh erzählt:

Der fünffarbige Sand

Vor vielen, vielen Jahren war ein erfahrener und furchtloser General in Dunhuang stationiert. Dieser General hatte seine Soldaten gut ausgebildet und in fünf Gruppen formiert. Jeder Gruppe war eine bestimmte Farbe für Banner und Bekleidung zugeordnet: Rot oder Gelb, Grün oder Schwarz oder Weiß. Diese starke Truppe war noch nie besiegt worden.

Eines Tages erhielt der General den Befehl, mit seinen Soldaten nach Westen zu ziehen, da dort Reitervölker die Grenzen bedrohten. Unverzüglich machte er sich auf und wie erwartet wurden die Eindringlinge vernichtend geschlagen und zum Rückzug gezwungen. Triumphierend kam der General in seine Stellung zurück und schlug mit seinen Soldaten am Fuße der Berge sein Lager auf. Zu jener Zeit gab es dort noch keine Sanddünen, sondern grüne Hügel mit kühlen Wäldern und exotischen Pflanzen, die an Bachläufen wuchsen. Der General dachte: „Meine Soldaten haben so tapfer gekämpft, ich will ihnen in dieser paradiesischen Gegend eine Ruhepause gönnen." So befahl er, die Pferde abzusatteln und alle schweren Waffen abzulegen. Die müden Krieger ließen sich das nicht zweimal sagen und legten sich entspannt zum Schlafe nieder.

Nun lebte aber in den nahegelegenen Bergen eine Gruppe von Rebellen, die, während der General auf dem Weg nach Westen war, Dunhuang überfallen und dort gemordet und gebrandschatzt hatten. Natürlich fürchteten sie sich nun vor der Rache des Generals. Als sie jedoch Kunde erhielten, dass die Truppe ohne große Wache und angelegte Waffen ruhig schlief, nutzten sie die Chance. Mit lautem Geschrei und bis an die Zähne bewaffnet überfielen die Rebellen in der stockfinsteren Nacht die Truppe des Generals. Die ahnungslosen Soldaten waren machtlos und wurden allesamt getötet. Dieser Sieg machte den Anführer der Rebellen übermütig und er befahl seinen Anhängern, sich wieder zu sammeln, um nun die alte Stadt Shoal zu plündern.

Doch da erhob sich ein schwarzer Wind, der aus allen Richtungen pfiff, der Himmel verdunkelte sich und plötzlich fielen riesige Mengen Sand vom Himmel, die Menschen und Tiere bedeckten. Die grünen Berge verwandelten sich in Sanddünen. Niemand entkam.

Jahre später, wann immer ein starker Wind an diesen Sandbergen blies, hörte man Donnergrollen und konnte klingende Gongs und schlagende Trommeln ausmachen, manchmal auch den Klang kämpfender Schwerter. Der herumwirbelnde Sand hatte die Farben der bunten Banner.

Da dieses Naturphänomen die Phantasie der Menschen beschäftigte, erfanden sie auch unterschiedliche Entstehungsgeschichten. Die folgende Legende erzählt von einem kleinen neugierigen Drachen.

In der Nähe des Ortes Dunhuang befinden sich zwei Berge, von denen der nördliche „Vorderberg" und der südliche „Hinterberg" genannt wird. Unter den Alten der Gegend ist folgendes Sprichwort geläufig: „Die Töne des Hinterbergs klingen wie Rumpeln und Dröhnen, die des Vorderbergs wie Trommeln und Gongs."

Der ungehorsame kleine Gelbe Drache

Einst ragte südlich des Silbermondsees ein dunkelgrüner Berg gen Himmel. Nördlich des Sees breitete sich fruchtbares Land aus mit kühlen Wäldern, kristallklaren Bächen und duftenden Blumen. In dieser paradiesischen Landschaft gab es prächtige Klöster und mächtige Tempel. In vielen dieser Tempel wurden Feste gefeiert, bei denen die Menschen Opern aufführten, um die Götter zu ehren. So sangen sie am zweiten Tag des zweiten Mondmonats für den Drachenkönig, am fünften Tag des fünften Mondmonats, wenn das Drachenbootfest gefeiert wurde, sangen sie für den Medizinkönig und am 15. Tag des achten Mondmonats für den Mondkönig. Aber während des Frühlingsfestes waren die Feierlichkeiten unübertroffen. Zu diesem Anlass wurden nicht nur Opern gesungen, sondern die Menschen aus der Umgebung kamen in einer Prozession mit Fackeln und beteiligten sich tagelang an den Festivitäten.

In einem Jahr, am 15. Tag des ersten Mondmonats, kamen festlich gekleidete Menschen von überall her. Sie trugen bunte Drachenlaternen und erfreuten sich an den Singspielen und Fackelprozessionen. Dann sangen und tanzten sie bis zum Morgengrauen.

Nun gab es aber westlich von Dunhuang eine riesige, trostlose Wüste. Hier lebte ein starker, brutaler Drache, "Gelber Drache" genannt. Sobald dieser nur hüstelte, erhob sich ein starker Wind, der den ganzen Tag blies. Ein Niesen von ihm erzeugte für drei Tage einen gefährlichen schwarzen Wind, und wenn er nur einmal grollte, wurde der gelbe Sand aufgewühlt und zu hohen Dünen aufgetürmt. Als der Jadekaiser von diesem bösen Drachen erfuhr, erließ er ein Edikt, dass es dem Gelben Drachen und all seinen Familienmitgliedern verboten sei, auch nur einen Schritt in Richtung Mondsichelsee zu machen.

Der kleine Gelbe Drache, Sohn des großen Gelben Drachens, hatte sein ganzes Leben in der Wüste verbracht und sehnte sich danach, Dunhuang und das Leben dort kennen zu lernen. Er wagte es aber nicht, sich gegen das Edikt zu stellen, außerdem überwachte *ihn sein Vater ständig. In diesem Jahr aber wurde er ganz unruhig, als er am vierten Tag des ersten Mondmonats die Klänge der Gongs und Trommeln hörte. Am fünften Tag konnte er sich nicht mehr bezwingen, verabreichte seinem Gefolge einen Schlaftrunk und schlüpfte davon. In der Dunkelheit verwandelte er sich in einen jungen Mann und machte sich auf zum Mondsichelsee, um die Festlichkeiten zu beobachten. Wie staunte er, als er die vielen fröhlichen Menschen mit ihren Laternen und Fackeln sah. Dabei sprach er immer ganz leise zu sich selbst: „Nur nicht niesen!", „Nur nicht husten!" „Nur nicht rufen!". Schließlich entdeckte der kleine Drache eine Gruppe Menschen, die ihre bunten Drachenlaternen hin und herschwangen und einen Lufttanz aufführen ließen. Es sah herrlich aus. Da konnte er sich nicht mehr beherrschen und rief: „Phantastisch!"*

Sofort brach das Unglück über alle herein. Gelber Wind blies kräftig aus allen Richtungen und in weniger als zwei Stunden begrub er Menschen und Gebäude unter sich. Dort, wo vorher der Festplatz war, erhob sich nun eine riesige Sanddüne.

Der kleine Gelbe Drache sah, welches Unheil er angerichtet hatte, und wusste, dass er es nicht mehr gut machen konnte. In seiner Not erhob er sich und stürzte sich gegen den großen schwarzen Berg. Mit einem lauten Krachen verwandelte sich dieser Berg in eine weitere riesige Sanddüne, die den unglücklichen kleinen Gelben Drachen unter sich begrub. Wenn man heute zu bestimmten Zeiten Geräusche aus der Düne hört, so sind es die Trommeln und Gongs der verschütteten Festbesucher.

Die Mönche in den Klöstern der Umgebung verboten nach dem Unglück das Abspielen von Opern und auch die Fackelumzüge; auf dem Festplatz ließen sie eine Pagode errichten.

Inmitten der Dünen des singenden Sandes liegt der schon erwähnte Mondsichelsee, um dessen Entstehung sich ein wundersames Märchen rankt.

Die Wolkenfee oder Wie der Mondsichelsee entstand

Vor langer, langer Zeit gab es außerhalb von Dunhuang nur eine ganz kleine Oase am Fuße des Sanwei Berges. Das Leben hier war äußerst schwer, denn immer wieder zerstörten Dürre und Sandstürme die kärgliche Ernte. Eines Tages war es so trocken, dass alles Gemüse verdorrte und die Blätter von den Bäumen fielen. Die Menschen waren verzweifelt und wussten sich keinen Rat mehr. Eine junge Frau, die drei kleine Kinder zu Hause hatte, kniete sich schließlich in den Sand und betete so inbrünstig, wie sie nur konnte, um Regen. Da geschah es, dass in diesem Moment eine kleine Wolke am Himmel entlang schwebte, auf der die Wolkenfee reiste. Diese hörte das Gebet, und als die Frau auch noch in Tränen ausbrach, war die mitleidige Fee so berührt, dass sie selbst zu weinen begann. Ihre Tränen fielen in dicken Tropfen auf die ausgedörrte Erde, und da sie gar nicht aufhören konnte, bildete sich zuerst eine winzige Pfütze und schließlich ein richtiger See, in dem eine frische Quelle sprudelte. Die Menschen konnten ihr Glück kaum fassen, denn nun war genug Wasser für alle da und bald grünte und blühte es wieder. Zum Dank bauten sie der Wolkenfee einen Tempel mit einer wunderschönen goldenen Statue und brachten ihr Opfer dar.

Leider hatten die Dörfler in ihrem Überschwang vergessen, dass sie schon einen Tempel für den Sandgott gebaut hatten. Als dieser nun von einer weiten Reise zurückkam, entdeckte er den neuen Tempel und bemerkte, dass ihm niemand mehr Opfergaben gebracht oder Räucherstäbchen für ihn angezündet hatte. Er wurde so wütend, dass er riesige Sandberge aufwirbelte und den See zuschüttete. Die Wolkenfee bemerkte die Unruhe auf der Erde und beschloss, die Himmelskönigin um Hilfe zu bitten. Sie flog zu deren Palast und erzählte ihre Geschichte. Abschließend sagte sie: „Ich habe einen Plan: Könnte ich bitte den Mond ausleihen?" Die Mondgöttin erlaubte es ihr, fügte aber hinzu: „Es ist heute erst der fünfte Tag im Mondmonat und der Mond nur eine winzige, silberne Sichel!" Das störte die Wolkenfee aber gar nicht. Beglückt flog sie mit dem Sichelmond zur Erde und legt ihn vorsichtig vor dem Tempel in den Sand. Augenblicklich verwandelte er sich dort in einen See mit kristallklarem Wasser. Wie freuten sich die Menschen da und riefen: „Wir nennen ihn Mondsichelsee! Mondsichelsee! Mondsichelsee!"

Natürlich hatten sie wieder nicht an den Sandgott gedacht, der sofort seine Backen aufblies und Sandwolken über das Wasser jagte. Das alles bemerkte die Himmelsgöttin und sie schüttelte die langen Ärmel ihres seidenen Gewandes, so dass eine leichte Brise entstand, die den Sand auf eine Düne blies. Bald sah der Sandgott ein, dass ihm alles Wüten nichts nützte, und er zog sich grollend zurück. Wann immer er wieder Unfug anrichten will, schüttelt die Göttin ihre Ärmel. Und so kommt es, dass man selbst heute noch sein Grollen in den Sandbergen hören kann. Die Himmelsgöttin aber setzte einen neuen Mond ans Firmament, der bei Vollmond so hell leuchtet, dass sie sich im Mondsichelsee unten auf der Erde spiegeln kann.

Dunhuang ist heute eine moderne Stadt mit knapp 200 000 Einwohnern. Sie liegt in einer Oase, in der hauptsächlich Baumwolle und Melonen angebaut werden. Von hier aus können die Sehenswürdigkeiten der Umgebung bequem erreicht werden. Das kleine Kreismuseum verfügt über eine Sammlung archäologischer Fundstücke. Hier kann man neben Keramiken und Bronzen auch Textilien aus der Westlichen Han-Zeit (206 v. Chr.-25 n. Chr.) bewundern.

Loulan - Die im Sand Versunkene

Wasser und Sand spielen die Hauptrolle in der unwirtlichen Region im Herzen Asiens. Im Laufe der Jahrtausende wechselten Flüsse ihr Bett, trockneten Seen aus und verschwanden Königreiche unter Sandbergen. Der schwedische Archäologe Sven Hedin entdeckte bei seiner Durchquerung der Wüste Taklamakan die Überreste der antiken Stadt Loulan. Loulan war eine Oasenstadt, die im 2. Jahrhundert vor unserer Zeitrechnung gegründet wurde und ca. 700 Jahre lang als Hauptstadt des Königreichs Shanshan eine bedeutende Rolle an der Seidenstraße spielte. Die für Karawanen geografisch günstige Lage bescherte der Stadt Wohlstand, machte sie aber gleichzeitig zum begehrten Objekt, sowohl für die expansionssüchtigen Chinesen im Osten als auch für die Xiongnu, das gefürchtete Reitervolk, im Westen. So wurde die Stadt ständig überfallen, und oft mussten die Söhne des regierenden Königs mit den Angreifern ziehen und fortan ihr Leben als Geiseln an fremden Höfen fristen. Es galt ausschließlich das Recht des Stärkeren. Folgende Geschichte berichtet, wie es den Chinesen gelang, Loulan in ihre Macht zu bekommen.

Fu Jiezi

Fu Jiezi lebte während der Westlichen Han-Dynastie und war ein bedeutender militärischer Führer, der sich in der erfolgreichen Unterwerfung der Königreiche westlich des Yangguan Passes große Verdienste erwarb. Er ging dabei keineswegs zimperlich vor, wie folgende Begebenheit belegt.

Einst war der König von Loulan, An Gui, dem Han-Kaiser tributpflichtig, doch er rebellierte und verbündete sich mit den Xiongnu. Da beschloss Kaiser Zhaodi (Sohn und Nachfolger von Kaiser Wudi), Fu Jiezi nach Loulan zu senden, damit er die Stadt zurückgewinne. Mit hundert Soldaten und einer Menge Gold und Seide zog dieser im Jahre 77 v. Chr. gen Westen. Sein Plan war, an einer Person ein Exempel zu statuieren, und er beschloss, den König von Loulan zu töten. Als er mit seinem Tross die Stadt erreichte, weigerte sich An Gui, ihn zu empfangen. Fu Jiezis Delegation tat so, als würde sie die Stadt ohne Widerstand verlassen. Als die Chinesen am westlichen Stadtrand campierten, ließ der Feldherr wie zufällig gegenüber dem Dolmetscher verlauten, dass man auf die Kamele besonders acht geben müsse, da sie große Mengen an Gold und Seide als Geschenke des Han - Kaisers für die Herrscher westlicher Reiche mit sich führten. Der Dolmetscher machte sich sofort auf zum König von Loulan, um ihm das Gehörte zu erzählen. An Gui war ein gieriger Herrscher, der nichts mehr wünschte, als von dem Reichtum der Chinesen etwas abzubekommen. Schnell rief er seine Begleiter und besuchte mit ihnen Fu Jiezi in dessen Lager. Der General veranstaltete ein Festmahl und der Wein floss in Strömen. Als An Gui ziemlich betrunken war, lockte Fu Jiezi den ahnungslosen König unter dem Vorwand, eine geheime Botschaft des Kaisers zu haben, ins Zelt. Dort wurde er hinterrücks ermordet. Seinen abgeschlagenen Kopf spießte man zur Abschreckung auf einen weithin sichtbaren Stab.

Loulan wurde zur chinesischen Garnisonsstadt ausgebaut und diente als wichtige Versorgungsstation sowohl auf der Mittleren als auch auf der Südlichen Seidenroute. Der Handel mit exotischen Waren aus China und solchen, die aus dem Mittelmeerraum kamen, blühte und ein buntes Sprachgewirr hallte durch die Gassen. Doch plötzlich versank die Stadt im Sande.

Eine alte Legende erzählt in wenigen Worten vom Schicksal der Oase:

Vor sehr, sehr langer Zeit war hier ein blühender Flecken Erde, dann tobte in einem längst vergessenen Jahr 40 Tage lang ein schwerer Sturm, der die Ebene in eine Wüste verwandelte. In ihr vergraben liegt eine alte Stadt. Noch heute kann man Hähne krähen und Hunde bellen hören, zu sehen ist aber nichts.

Erst zu Beginn des 20. Jahrhunderts rückte Loulan wieder in die Augen der Öffentlichkeit, als der schwedische Archäologe Sven Hedin die Gegend um den wandernden See Lop Nor erkundete und im östlichen Teil der Taklamakan Wüste am 28.3.1900 die Ruinen der unter dem Sand begrabenen Stadt Loulan entdeckte. Die Episode ist in Hedins Schriften nachzulesen:

Die Geschichte des verlorenen Spatens

Während der Wintermonate 1899/1900 unternahm Sven Hedin mehrere kleinere Expeditionen in die Lop-Wüste, den östlichsten Teil der Taklamakan. Eines Tages stieß er auf sehr alte Häuser, deren Überreste auf einsam aufragenden Hügeln standen. Die Erosion hatte im Laufe der Zeit das Terrain ringsum abgetragen. Eine flüchtige Untersuchung erbrachte nur ein paar alte chinesische Münzen, Metallbeile und einige holzgeschnitzte Figuren. Hedin ließ die Funde auf Kamele laden und in sein Basislager am Tarim-Ufer bringen. Sven Hedins Kolonne war erst wenige Stunden marschiert, da ließ er die Karawane an einer Stelle anhalten, um nach Wasser zu graben. Erst jetzt entdeckte er, dass der einzige Spaten fehlte. Einer seiner Männer hatte ihn bei den alten Häuserresten vergessen. Sofort schickte Sven Hedin den Mann mit seinem Pferd zurück, um den Spaten zu holen. Als dieser nach geraumer Zeit wiederkam, berichtete er, er habe sich auf dem Rückweg in einem Sandsturm verirrt und dabei sei er auf vorher nie gesehene Ruinen gestoßen, deren Merkmal geschnitzte Figuren waren. Sobald es die Witterung erlaubte, eilte Hedin zu der Stelle, wo Monate zuvor der Spaten vergessen worden war. Hier fertigte er zuerst einen genauen Plan der Fundstätte an und ließ dann seine Leute systematisch alle noch vorhandenen Häuser ausgraben. Als Anreiz für die harte Knochenarbeit stellte er jedem, der ein Schriftstück finden würde, eine Belohnung in Aussicht. Schon bald kam ein Holzstück mit einer indischen Schrift ans Tageslicht, und nicht lange danach eine Reihe alter Papierblätter, auf denen chinesische Schriftzeichen zu erkennen waren. Diese Handschriften erwiesen sich als wichtig, denn sie identifizierten jenen geheimnisvollen Ort als die ehemalige Stadt Loulan.

(wörtlich aus http://www.kunstundhobby.de/china.htm -die Seidenstraße)

Eine der größten Überraschungen für Hedin war die Entdeckung einer Ansammlung von Gräbern, deren Inhalt aufgrund der klimatischen Verhältnisse gut erhalten war. Besonders ein kleines Grab mit einem Sarg, dessen Form einem Kanu ähnelte, berührte den Forscher sehr. Er nannte die darin ruhende Tote „Junge Dame" bzw. „Die Herrscherin der Wüste", und sie ging später als „Königin von Loulan" in die Literatur ein.

Eric Wennerholm (1903-1984), ein schwedischer Anwalt und Schriftsteller, der eine Biografie über Sven Hedin verfasst hat, schrieb über die „Junge Dame" eine gefühlvolle Erzählung:

Die kleine Prinzessin, die 2000 Jahre schlief

Jetzt sahen wir sie, die Herrscherin der Wüste, die Königin von Lop Nor und Loulan, in ihrer ganzen Schönheit. Sie war ein etwa sechzehnjähriges Mädchen, das 2000 Jahre in seinem Sarg geschlafen hatte und noch nie in seiner Ruhe gestört worden war. Sie war in kostbare Seidenkleider gehüllt und trug eine turbanähnliche Kopfbedeckung. Wahrscheinlich war sie in der Zeit, als Loulan Handelsbeziehungen mit Indien unterhielt, aus dem reichen Land südlich des Himalaja gekommen.
...Ihre Gesichtshaut war hell, fast weiß, an den Wangen verbarg sich noch eine kaum merkliche Röte, und um die Mundwinkel spielte

ein kleines zögerndes Lächeln, das eine letzte Erinnerung an das leuchtende und farbenfrohe Leben, das sie gelebt hatte und an die Freuden, die sie unter den Aprikosenbäumen in den Gärten von Loulan gekostet hatte.... Sie hielt uns für Stunden gefangen. Verwundert stand die Sonne wie ein glühender Schild aus Gold am westlichen Himmel und schien es ebenso schwer wie wir zu finden, sich vom Anblick des schlafenden jungen Mädchens loszureißen.... Am kommenden Morgen wollten wir sie beim Anblick der Sonne sanft in ihren Sarg betten und sie wieder der Ruhe ihres Grabes übergeben, nachdem sie eine einzige Nacht in zweitausend Jahren ihre Blicke zu den ewigen Sternen hatte hinaufsenden dürfen.

Sven Hedin, der Forscher, aber notierte akribisch, welche Sterbegewänder die Tote bei ihrer Grablegung trug:

Im Schein der Nachmittagssonne begannen Chen und ich eine recht eingehende Untersuchung der Tracht, in der sie der Erde übergeben worden war. Auf dem Kopf trug sie eine turbanähnliche Mütze und um diese eine einfache Binde. Ihr Oberkörper war mit einem Hemd aus Hanf, unter das noch mehrere ähnliche Kleidungsstücke aus gelber Seide gezogen waren, bedeckt. Die Brust war von einem roten, quadratischen, mit Stickereien verzierten seidenen Tuch bedeckt, worauf ein Hemd aus blauem Stoff folgte. Der untere Teil des Körpers war in doppelte Seide gehüllt, eine Art Rock, der eine Fortsetzung der gelben seidenen Bekleidung und des Hemdes bildete. Auf gleiche Weise bildete ein Rock aus weißem Stoff die Fortsetzung des weißen Kleides. Darunter trug sie einen dünnen Rock, Hosen und gemusterte Pantoffeln.

Wir nahmen Proben aller dieser Kleidungsstücke mit; einiges, wie den Kopfputz und Pantoffel, entführten wir im Ganzen, desgleichen einen Beutel voll schön gemusterter Seidenreste in verschiedenen Farben.

Diese Kleidungsstücke erwiesen sich später als der bedeutendste Seidenfund aus Loulan. In Sven Hedins Aufzeichnungen ist unter anderem zu lesen, dass er in Loulan einige Seidenstücke fand und dass Aurel Stein, der ungarisch-englische Forscher, in den Jahren 1906 und 1914 am gleichen Ort ebenfalls umfassende Seidenfunde machte.

Zeichnung von Sven Hedin in „Der wandernde See"

Zeichnung von Sven Hedin in „Der wandernde See"

Von Ende 1933 bis 1934 kehrte Sven Hedin in diese Gegend zurück. Er führte eine chinesische Expedition an, um Pläne und Karten für den Bau von zwei Autostraßen entlang der Seidenstraße von China nach Xinjiang zu erstellen. Gleichzeitig erhielt er von der chinesischen Regierung die Genehmigung, die Wüste Lop Nor abermals aufzusuchen und zu überprüfen, ob es möglich wäre, das Land um Loulan wieder urbar zu machen und zu besiedeln.

Turfan – Die funkelnde Perle der Wüste

Turfan lag fast neunhundert Li (1 Li = 500 m) nordwestlich von Dunhuang, an der nördlichen Route der Seidenstraße, die von den Han-Chinesen „Straße am südlichen Hang des Himmelsgebirges" bezeichnet wurde. Die Oase Turfan bildete lange Zeit einen Knotenpunkt auf den unterschiedlichen Routen der Seidenstraße. Hier trafen sich die West-Ostroute, die über Hami durch die mongolische Steppe nach Dunhuang führte, und eine Nord-Süd-Verbindung, die Loulan und das südöstliche Tarim-Becken mit dem Zweig der Seidenstraße verband, der nördlich des Tian Shan (Himmelsgebirge) verlief.

Mildred Cable und Francesca French beschreiben in ihrem Buch *The Gobi Dessert* die Oase folgendermaßen:

Turfan liegt in einer sandigen Wildnis wie eine grüne Insel, deren Küsten nicht vom Wasser eines Ozeans, sondern vom Kies und Geröll umspült werden, denn die Trennungslinie zwischen trockener Wüste und fruchtbaren Boden ist genauso scharf wie die zwischen Ufer und Meer. Die Insel ist von einer wunderbaren

Fruchtbarkeit und der Reisende, der aus der Sterilität und Dürre der Wüste kommend in die Üppigkeit Turfans tritt, ist überwältigt."

Diese Üppigkeit verdankt die Oase einem künstlichen Bewässerungssystem, bei dem bis zu 40 Kilometer lange unterirdische Kanäle, genannt „Kareze", Wasser aus dem Himmelsgebirge in den heißesten Ort Chinas leiten. So ist es möglich, dass hier, obwohl es an 299 Tagen des Jahres nicht regnet, Melonen, Pfirsiche, Aprikosen und Weintrauben gedeihen und auch Weizen, Mais, Sonnenblumen und Baumwolle geerntet werden. Man erzählt, dass die Tang-Kaiserin Wu Zhao die festen, kernlosen Trauben, die golden wie Bernstein glänzten und süß wie Honignougat schmeckten, besonders liebte. Sie konnte es im Herbst kaum erwarten, bis die erste Karawane mit den Köstlichkeiten in Chang'an eintraf.

Aber Turfan glänzte zu damaligen Zeiten auch durch seine prächtigen Gebäude. Reiche Kaufleute, buddhistische Mönche und Vertreter anderer Glaubensrichtungen verfügten über genügend Mittel, um stattliche Wohnanlagen, Moscheen und Gebetshäuser zu errichten. In den mit Weinreben überdachten Gassen und Basaren tummelte sich ein buntes Völkergemisch, und Sprachfetzen in Syrisch, Parthisch, Tibetisch, Sanskrit und Chinesisch schwirrten durch die Luft. Jedoch nur im Verborgenen produzierte man Seide, den wunderbar glänzenden Stoff, der kostbarer als Gold war.

Am Nordrand der Turfan-Oase ziehen sich über fast 100 Kilometer die „Flammenden Berge", die Uighuren nennen sie „Rote Berge", entlang. Ihre Hänge sind vegetationslos und zerklüftet und nehmen in der Abendsonne eine glutrote Farbe an, was zu der Namensgebung führte. Zuweilen kann die Bodentemperatur im

Sommer 70 Grad Celsius betragen, und der oben erwähnte Pilgermönch Zuanzong wollte seine Reise hier nicht fortsetzen. In dem Roman *Die Reise nach Westen* kann man nachlesen wie der Affenkönig Sun Wukong hilft.

Der magische Fächer

Zuanzong sah flammend rote Berge vor sich aufragen und geschwächt durch die Wanderung in der unerträglichen Hitze dachte er bei sich „Diese Berge können wir nie überwinden!" Das hörte der Affenkönig nicht gern und sann auf eine Lösung. Er erinnerte sich der Eisenfächerprinzessin, die einen magischen Fächer besaß, der ihnen helfen konnte. Schnell machte sich Sun Wukong auf den Weg zur Prinzessin und bat sie um Hilfe. Diese weigerte sich jedoch, ihren wundersamen Fächer zu verleihen. und es entstand ein Kampf. Der Affenkönig konnte nicht siegen und musste eine List anwenden. Er verwandelte sich in ein Insekt, das im Magen der Prinzessin rumorte und ihr heftiges Unwohlsein verschaffte. Da willigte sie schließlich ein, ihm ihren Fächer auszuhändigen. Doch war sie verschlagen und reichte ihm einen falschen Fächer, der die Flammen nur noch höher schlagen ließ. Wütend plagte Sun Wukong die Prinzessin nun so heftig, dass sie sich vor Schmerzen am Boden wand und um Gnade flehend ihm den richtigen Fächer aushändigte. Er hob seinen Arm und mit dem ersten Schlag löschte er das Feuer in den Bergen. Mit einem weiteren Schlag kam ein Wind auf, der Regenwolken herantrieb, welche die glühende Erde abkühlten. Zuanzong und seine Begleiter konnten die Reise nach Westen fortsetzen.

Die Turfan-Oase erschien allen Reisenden wie ein Paradies. Neben einer sicheren und bequemen Unterkunft trafen sie überall fröhliche Menschen an, galt es doch als schamlos, nach glücklich überstandenen Strapazen und Gefahren in dieser Stadt voller Früchte und Wein, schlechte Laune zu haben.

Kutscha – Die Oase der Tausend Klöster und Stupas

Kutscha, am Nordwestrand des Tarim-Beckens gelegen, zählte neben Turfan zu den interessantesten und wichtigsten Orten auf dem chinesischen Teil der Seidenstraße. Seine Lage war geradezu ideal, denn es lag auf halbem Wege der nördlichen Karawanenroute, die Kashgar im Westen, gegenüber dem Pamir-Gebirge, mit Dunhuang im Osten verband. Dunhuang befand sich gleich hinter dem Jadetor, das, wie schon erwähnt, von Westen her kommend den Eintritt in das Kaiserreich China markierte. Auch hier in Kutscha trafen sich einst Tocharer, Sogdier, Inder, Tibeter, Chinesen und sogar Syrer. Seinen Wohlstand verdankte der Ort vor allem seiner Rolle als Umschlagplatz für Seide und Pferde. Die erhobenen Zölle füllten die Staatskasse. Kontakte zwischen Kutscha und China bestanden laut historischer Quellen schon seit vorchristlicher Zeit.

Eine weite Reise

Im Jahre 65 v. Chr. reiste der kutschäische König Jiangbin mit seiner Gemahlin zu einer Audienz zum chinesischen Kaiser nach Chang'an. Er war tief beeindruckt von der Pracht im kaiserlichen Palast und den dortigen Umgangsformen. Nach seiner Rückkehr an den kutschäischen Hof führte er dort den chinesischen Lebensstil ein und brachte chinesische Künstler, Handwerker und Soldaten als „Entwicklungshelfer" ins Land. Ein solches Vorgehen wurde von der einheimischen Bevölkerung keineswegs gerne gesehen. Das Misstrauen sollte sich als berechtigt erweisen, denn schon wenige Jahre später gab es erneut kriegerische Auseinandersetzungen mit den Chinesen.

Wahrscheinlich kam Kutscha bereits um die Zeitenwende mit dem Buddhismus in Berührung. Eine Schrift aus dem Jahre 266 zählt Kutscha zu den buddhistischen Ländern. In dieser Zeit entstanden in der Umgebung der Stadt die ersten Klöster und Glaubenstempel mit wunderschönen Wandfresken.

Der Mönch Kumarajiva (344-413)

Kutschas bekanntester Mann, Sohn eines indischen Geistlichen und einer kutschäischen Prinzessin, war ein bedeutender Übersetzer zahlreicher buddhistischer Texte ins Chinesische. Er hing dem Mahayana-Buddhismus an.

Südöstlich von Dunhuang steht inmitten von Feldern eine weiße, flaschenförmige Dagoba, die Pagode des weißen Pferdes. Sie soll 384 von Kumarajiva an der Stelle erbaut worden sein, wo sein Schimmel, der ihn den weiten Weg durch die Wüste von Kutscha bis hierher getragen hatte, starb.

In der Nacht vor seinem Tod sprach der Schimmel im Traum zu dem Mönch: „Herr, eigentlich bin ich ein weißer Drache, der sich in einen Schimmel verwandelt hat. So konnte ich dich nach

Westen tragen und dir Schutz gewähren, damit du in China die buddhistische Lehre verbreiten kannst. Nun, da die Gefahren der Wüste überstanden sind und eine sichere Straße vor dir liegt, werde ich dich verlassen!"

73 Kilometer nordwestlich von Kutscha liegen in einer Felswand entlang des Muzat-Flusses über 3,2 Kilometer verteilt insgesamt 236 buddhistische Höhlentempel. Die Grotten von Kizil wurden im 5. Jahrhundert angelegt und stellen damit den ältesten buddhistischen Höhlenkomplex in China dar. Hauptthema der meisten Wandmalereien in Kizil bilden die Jatakas, Erzählungen über die früheren Existenzen des Buddha, in denen er sich selbst opfert, um andere zu retten. Etwa achtzig verschiedene dieser Geschichten kann man auf den Wandmalereien unterscheiden.

In der Grotte der sechzehn Türschwerter befindet sich ein Wandgemälde mit dem Titel

Die Feuerhände

Einst verirrte sich eine Karawane des Nachts in der Wüste. Der Bodhisattwa entdeckte die Verlorenen und wusste, dass sie ohne seine Hilfe ihr Leben lassen müssten. Sofort begab er sich zu ihnen, verwandelte seine Hände in Fackeln und leuchtete ihnen den Weg in die Sicherheit.

In der Grotte des Chors der Musikanten ist dargestellt:

Wie das Volk der Affen gerettet wurde

Der König von Bengalen begab sich mit seinem Gefolge auf die Affenjagd. Mahakapi, der König der Affen, erkannte die Gefahr. Als die Jäger immer näher kamen und die Affen durch einen Fluss aufgehalten wurden, bildete Mahakapi mit seinem Körper eine Brücke, die sich zwischen zwei Bäumen über das Gewässer spannte. Über diesen provisorischen Steg konnten alle Affen entkommen. Völlig erschöpft starb Mahakapi, nachdem der letzte seiner Untergebenen übergesetzt hatte. Der König von Bengalen war von diesem selbstlosen Einsatz so gerührt, dass er auf die weitere Jagd verzichtete.

Etwa 500 Meter hinter dem Höhlenkomplex von Kizil befindet sich die Quelle der Tränen. Gerne erzählt man an dieser Stelle folgende Legende:

Unendliche Liebe

Eines Tages verliebte sich die Tochter des Königs von Qiuci (chinesisch für Kutscha) unsterblich in einen Steinmetz, dessen Lieder sie betört hatten. Der junge Mann erwiderte ihre Gefühle und warb mutig beim Vater der Prinzessin um die Hand seiner Tochter. Der König wies ihn barsch zurück. Nach einiger Zeit überdachte er jedoch seine Entscheidung und stellte dem Steinmetz eine Bedingung: „Wenn du tausend Höhlen in die Felswand schlagen kannst, so wirst du die Hand meiner Tochter erhalten!" Frohen Mutes ging der kräftige junge Mann an die Arbeit und schlug eine Höhle nach der anderen aus der Felswand. Während er anfangs noch seine wohlklingenden Lieder ertönen ließ, wurde er mit der Zeit immer stiller. Als er die 999te Höhle fertiggestellt hatte, sank er erschöpft zu Boden und starb. Die Prinzessin weinte sich aus Gram zu Tode, und an der Stelle, wo ihre Tränen zu Boden flossen, entsprang eine Quelle mit taufrischem Wasser.

Nur 14 Kilometer nördlich von Kutscha kann man die Höhlen von Kizilgaha besichtigen. Der Name der Grotten leitet sich von dem Uighurischen „Kizdorha" ab, was bedeutet „Bleib, meine Tochter, bleib!" Auch hier gibt es eine Legende:

Eine böse Weissagung

Einst herrschte in dieser Gegend ein Tyrann, dem ein Hellseher prophezeit hatte, dass seine schöne Tochter in den nächsten 100 Tagen sterben werde. Der besorgte Vater sperrte daraufhin die Tochter in einen Turm und ließ sie schwer bewachen. 99 Tage überstand die Prinzessin unbeschadet, doch am 100sten Tag biss sie in einen Apfel, aus dem ein Skorpion kroch, der sie stach. Die Schöne sank tot zu Boden. Der unglückliche Vater warf sich vor dem Turm in den Staub und rief immer wieder: „Bleib, meine Tochter! Bleib, meine Tochter!" Doch die Götter kamen ihm nicht zu Hilfe.

Auch wenn Kutscha seinen Wohlstand dem Handel mit Pferden und Seide verdankte, so denkt man heutzutage in erster Linie an die Grotten mit den buddhistischen Kunstwerken. Im Ortsmuseum kann der Besucher einige archäologische Ausgrabungsstücke aus den umliegenden Höhlen und Ruinenstädten bewundern. Die schönsten Malereien und fast alle Statuen trugen Anfang des 20. Jahrhunderts die deutschen Archäologen Albert von Le Coq und Albert Grünwedel ab und brachten sie nach Berlin, wo sie heute im Asiatischen Museum in Berlin-Dahlem zu besichtigen sind.

Kutscha mit seinen 85.000 meist uighurischen Einwohnern unterteilt sich in Neustadt und Altstadt, wobei sich die Neustadt mit breiten Straßen und Wohnblocks präsentiert, während man in der Altstadt noch durch schmale, ungepflasterte Gässchen, vorbei an Lehmbauten wandern kann.

Khotan – Die Schatzkammer voller Jade und Seide

Folgte der Reisende auf dem Weg nach Westen von Dunhuang aus der südlichen Route, so wird er erleichtert gewesen sein, die Oasenstadt Khotan lebend erreicht zu haben.

Khotan war einst das bedeutendste Zentrum buddhistischer Kultur an der südlichen Seidenstraße. Als der Pilgermönch Faxian 399 n. Chr. auf seinem Weg nach Indien in der Oase Station machte, zählte er 14 große Klöster. Er berichtet: *„Dieses Land ist reich und glücklich; seine Bewohner sind wohlhabend, sie haben alle den Glauben angenommen und finden Vergnügen an religiöser Musik. Die Zahl der Priester geht in die Zehntausende."*

Als Xuanzang mehr als zwei Jahrhunderte später im Jahre 644 den Ort besuchte, fand er ungefähr 100 Klöster und 5000 Mönche vor. Die frühen Könige von Khotan rekrutierten sich zumindest bis ins 3. Jahrhundert aus indischen Familien. Xuanzang berichtet, sie seien

Abkömmlinge des Gottes Vaishravana gewesen. Dazu gibt es eine wundersame Legende:

Ein junger König wird geboren

Vor langer, langer Zeit herrschte in Khotan ein König, der keine männlichen Nachkommen hatte. Jeden Tag besuchte er den Tempel und betete zu Gott Vaishravana um einen Sohn. Und siehe da, eines Tages wurden seine Gebete auf ungewöhnliche Weise erhört. Als er wieder einmal im Tempel betete, öffnete sich die Statue des Gottes und heraus trat ein Kind. Der überglückliche König nahm den Knaben mit in seinen Palast. Schnell wurde eine Amme bestellt, doch der Junge wollte die Milch, die sie ihm bot, nicht trinken. Da begab sich der König mit dem Säugling abermals in den Tempel, um Vaishravana um Hilfe zu bitten. Wiederum wurde sein Flehen erhört: Plötzlich begann der Boden zu beben, die Erde vor der Statue öffnete sich und formte eine Brust. An dieser labte sich der Säugling sofort und gedieh fürderhin prächtig. Das Reich wurde daraufhin „Kustana" genannt, was „Brust der Erde" bedeutet, und von diesem Namen leitet sich Khotan ab.

Wie alle Oasenkönigreiche wurde auch Khotan immer wieder von einfallenden Reiterscharen bedroht. Der Mönch Xuanzang näherte sich von Westen her der Stadt und bemerkte eine Region, die übersät war von kleinen Erdhügeln. Die Hügel waren die Heimstätte der dort lebenden silber- und goldhaarigen Ratten, die ungefähr die Größe eines Igels haben. Der Mönch erzählte bezüglich der Ratten eine seltsame Geschichte:

Die haarigen Ratten

Eines Tages fielen die Hunnen in das buddhistische Königreich Khotan ein und belagerten die Hauptstadt. Der König hatte nur eine kleine Streitmacht zur Verfügung, aber er wollte sich dennoch mit aller Verzweiflung der Angreifer erwehren. In der Nacht vor der Schlacht träumte der Herrscher, dass der Rattenkönig ihn besuchte und ihm Hilfe versprach.

Da befahl der König seinen Untertanen, im Morgengrauen einen Überraschungsangriff auf die Feinde zu starten. Die überraschten Hunnen rannten zu ihren Pferden und bemerkten entsetzt, dass deren Geschirr und die Bogensehnen in der Nacht von Nagetieren durchtrennt worden waren. Hals über Kopf traten sie die Flucht an.

Seit dieser Zeit wurden die Ratten in Khotan verehrt, und der König ließ sogar einen Tempel für sie bauen. In diesem Tempel legten nun alle Vorbeigehenden Opfergaben zu Ehren der Nager ab.

Als Aurel Stein, Archäologe und Forscher ungarischer Herkunft, zu Beginn des 20. Jh. auf gleicher Strecke reiste, war die Gegend immer noch heilig, aber die Legende hatte einen anderen Inhalt. Es hieß nun: Der König von Khotan war ein islamischer Heiliger, der im Kampf von einem Buddhisten getötet worden war. Die Ratten hatten sich in Verräter aus einem nahegelegenen Dorf verwandelt, die sich, als Hunde verkleidet, nachts in das muslimische Lager einschlichen und die Soldaten entwaffneten. Aus der Brust des Märtyrers sollen zwei heilige Tauben empor geflogen sein. Tauben wurden von diesem Zeitpunkt an als heilig verehrt, und Aurel Stein hat sie zu Hunderten über die Wüste fliegen sehen. Am Schrein Quamrabat Padshahim (Meines Königs Schloss im Sand) wurden sie von frommen Pilgern mit Körnern gefüttert. Man erzählt sich aber, dass das Dorf, aus dem die Verräter kamen, verflucht war, denn alle männlichen Nachkommen sollen mit vier Beinen und einem Schwanz zur Welt gekommen sein.

Aurel Stein fand ebenfalls einen Beweis dafür, dass die Legende von den Ratten schon jahrhundertelang die Fantasie der Menschen bewegte. Als er am ersten Weihnachtsfeiertag 1900 in einer kleinen Tempelanlage in den „gespenstischen Ruinen" von Dadanuilik grub, entdeckte er unter anderem zwei auf Holz gemalte Bilder. Das größere zeigte, nachdem es im Britischen Museum in London von seiner Sandkruste befreit war, eine menschliche Figur mit dem Kopf einer Ratte, die ein Diadem trug und zwischen zwei anderen Gestalten saß. Es handelte sich eindeutig um eine Darstellung des Königs der Ratten, die Khotan angeblich gerettet hatten.

Khotan war eines der ersten Reiche außerhalb des chinesischen Kernlandes, in dem es eine Seidenproduktion gab. Als der Mönch Zuanzang auf seiner Pilgerreise die Oase erreichte, war er darüber sehr erstaunt, denn schließlich galt der Prozess der Seidenherstellung als eines der bestgehüteten Geheimnisse der Weltgeschichte. Xuanzang forschte nach und erfuhr, wie das Geheimnis eines Tages dennoch verraten wurde.

Die listige Prinzessin

Es war im 5. Jahrhundert n. Chr., als eine chinesische Prinzessin gegen ihren Willen dem König von Khotan zur Frau versprochen wurde. Khotan war damals eine bedeutende

Wüstenstadt am südlichen Zweig der Seidenstraße am Rande der Taklamakan, der größten zusammenhängenden Salzwüste der Welt. Die junge Frau war sehr traurig, ihre Heimat verlassen und fortan so weit weg unter Barbaren leben zu müssen. Als man der verwöhnten Prinzessin auch noch zuflüsterte, dass es im fernen Khotan keine Seide für herrliche Gewänder gebe, ersann sie eine ungeheuerliche List. Sie versteckte in ihrem Kopfputz, der damals ein wichtiger Bestandteil der Kleidung adliger Damen war, einige Eier der Seidenraupe und auch Maulbeerpflanzen. Da sie ja eine Prinzessin auf dem Weg zu ihrem zukünftigen Gemahl war, kam sie unbehelligt über die Grenze. Der König von Khotan zeigte sich hoch entzückt über ihre Mitbringsel, denn schon lange wünschte er sich, auch Seide herstellen zu können. Als es Frühling wurde, pflanzte man die Maulbeersetzlinge, und als der Monat der Seidenraupen nahte, pflückte man emsig ihre Nahrung. Anfangs musste man sie mit mancherlei unterschiedlichen Blättern füttern, doch nach einiger Zeit standen auch die jungen Maulbeerbäume in vollem Blätterschmuck. Die Königin erwies sich aber als Tierliebhaberin, und folgender Erlass soll in Stein eingemeißelt worden sein: „Es ist verboten, die Seidenraupen zu töten, und die Kokons werden erst abgehaspelt, sobald die Schmetterlinge ausgeflogen sind."
In der Folge wurde das Königreich Khotan zu einem weiteren bedeutenden Seidenproduzenten, und auch hier bemühte man sich sehr, das Geheimnis der Seidenherstellung zu hüten.

Das Königreich Khotan verfügte zu jener Zeit nicht nur über eine große territoriale Ausdehnung, sondern auch über reiche Bodenschätze. Hier fand man vor allem die in China seit altersher begehrte Jade. Da die eigenen Jademinen schon zur Zeit der Westlichen Han-Dynastie so gut wie erschöpft waren, wurde es zwingend, neue Fundstellen zu erkunden und zu sichern. Ein solcher Fundort war die Oase Khotan, in deren Flussschotter die kostbaren Steine lagen. Der Jadehandel lässt sich bis ins dritte vorchristliche Jahrtausend zurückverfolgen. Der Stein hatte für die Chinesen eine magische Bedeutung: Er galt als Yang-Symbol und damit als Ausdruck männlicher Lebenskraft. Der chinesische Kaiser war nicht nur der „Sohn des Himmels", sondern auch der „Jadekaiser", dessen Siegel aus Jade geschnitzt wurden.

Das älteste Wörterbuch Chinas, das "Shuowen Jiezi" vermerkt unter dem Stichwort „Jade":

> Jade ist Schönheit in Stein mit **fünf Tugenden**:
> ihr warmer Glanz steht für **Menschlichkeit**,
> ihre makellose Reinheit für **sittliche Lauterkeit**,
> ihr angenehmer Klang für **Weisheit**,
> ihre Härte für **Gerechtigkeit**,
> ihre Beständigkeit für **Ausdauer und Tapferkeit**

In den Kunlun-Bergen entspringen der Fluss der Weißen Jade (Baiyu He), der Fluss der Grünen Jade (Lüyu He) und der Fluss der Schwarzen Jade (Heiyu He). In diesen Gebirgsflüssen schwimmt Jade (Nephrit) als Geröll nach Süden und wird von den Menschen eingesammelt. Barfuß durchlaufen sie das Flussbett, wobei sie untergehakt eine Kette bilden. Man sagt, dass die Zehen der Frauen Jadesteine besser erfühlen können, da sie die männliche „Yang"-Kraft im Stein spüren. Oft gehen die Frauen in den Vollmondnächten auf Suche, heißt es doch, Jade sei „kristallisiertes Mondlicht". Der Jadestein galt auch als „Essenz der Kraft der Berge", denn die Flüsse tragen ihn aus dem Gebirge heraus.

Eine frühe Verbindung der beiden kostbaren Stoffe Jade und Seide entdeckte man bei Ausgrabungen in einer Grabbeigabe in Form einer aus Jade geschnitzten Seidenraupe.
Folgt man von Khotan aus der Seidenstraße in westlicher Richtung, so erreicht man eines Tages die blühende Oase Kashgar.

Kashgar – Das Tor zum Westen

Kashgar umgibt auch heute noch ein Mythos, denn unzählige Male wurde es erobert und es ist doch nie untergegangen. Einst trafen hier die nördliche Route über Turfan und Kutscha und die südliche Route aus Khotan und Yarkand zusammen. Seit Jahrhunderten lebte die Stadt vom Handel, und das Stadtbild war auch hier geprägt von einem Völkergemisch aus Persern, Uighuren, Usbeken, Kasachen, Kirgisen, Tadschiken, Chinesen und vielen anderen. Kaufleute, Gesandte, Mönche, Gaukler und Kurtisanen belebten die Stadt. In den Karawansereien fanden nicht nur die Reisenden Unterkunft, sondern hier gab es auch Lagerhallen für die Waren der Kaufleute und einen abgegrenzten Hof für ihre Tiere. Normalerweise rasteten dort zweihöckrige Kamele, die sich besonders gut für die Wüstendurchquerung eigneten, da sie lange Zeit ohne Wasser und Nahrung auskommen konnten, Pferde, die für kürzere Strecken nützlich waren, Maultiere und Esel, die schwere Lasten transportieren konnten, und Yaks, die heimischen Tiere der Berge. Entsprechend der nächsten Etappe wurden die Tiere hier ausgesucht und beladen. Oft mussten die Reisenden auf Grund der Witterungsverhältnisse mehrere Monate in Kashgar ausharren. Da blieb ihnen viel Zeit zum Geschichten Erzählen. Eines Abends sollen einige Schäfer aus Afghanistan zusammengesessen und Folgendes gehört haben:

Die wundersame Satteltasche

Hoch oben in den Bergen des Hindukusch lebten einmal drei Brüder. Sie hießen Masud, Hamid und Wali. Die Eltern der Jungen waren gestorben, als diese noch klein waren, und so mussten sich die drei allein durchs Leben schlagen. Als sie nun zu jungen Männern herangewachsen waren, beschlossen sie, die Welt zu erkunden und ihr Glück zu machen. Während sie noch ihre Pläne schmiedeten, kam ein alter Eselstreiber vorbei. Der hörte ihnen zu und sprach: „Ja, macht euch auf, aber haltet immer Augen und Ohren offen nach Zeichen, die Gott euch sendet, und nehmt nie mehr, als ihr wirklich braucht. Seid auch bereit, anderen zu helfen, dann wird auch euch geholfen werden!"

So machten sich die Brüder auf den Weg, und nachdem sie tagelang den schwierigen Bergpfaden gefolgt waren, erreichten sie die fruchtbaren Ebenen. Hier wollten sie sich zuerst einmal ausruhen und legten sich nieder. Masud, der Älteste, hatte einen seltsamen Traum. Er hörte plötzlich Glockengeläut und eine Stimme, die zu ihm sprach: „Masud, grabe ein Loch und du wirst Gold finden!" Masud begann sofort ein Loch zu graben und wirklich, er fand in den Erdklumpen etliche Goldstücke. Damit füllte er seine Taschen und sagte zu den Brüdern: „Das ist genug für mich. Ich kehre in die Heimat zurück, baue mir ein schönes Haus und suche mir eine gute Frau. Lebt wohl!"

Nun waren nur noch zwei Brüder unterwegs. Eines Abends kamen sie zu einem riesigen Wald. Müde legten sie sich unter einen Baum zum Schlafen und hier hatte Hamid einen ungewöhnlichen Traum. Trompeten erklangen und eine Stimme rief: „Hamid, Hamid, grabe und du wirst Juwelen finden!" Gleich tat er wie ihm geheißen und wirklich, er fand einen Topf, der bis zum Rand mit Edelsteinen gefüllt war. „Das ist genug für mich", sprach er, „ich gehe zurück in unser Dorf, baue mir ein schönes Haus und suche mir eine hübsche Frau. Leb wohl, Bruder!"

Traurig wanderte Wali nun allein weiter; er war einsam, hungrig und durstig. Da beschloss er, auf einen Baum zu klettern, um zu sehen, wohin er sich wenden sollte. Doch er sah nichts anderes als Bäume, Bäume, Bäume. Mutlos kletterte er wieder nach unten und war höchst erstaunt, als er auf der Erde eine wunderschön bestickte Satteltasche fand. Er hob sie auf und öffnete sie neugierig. Nichts war darin. „Das ist nun mein Glück!", lamentierte er enttäuscht „Masud hat Gold und Hamid hat Edelsteine. Nur ich armer Wicht habe eine leere Satteltasche. Ich wünschte, ich hätte etwas zu essen und zu trinken!" Da wurde die Tasche in seiner Hand schwer und schwerer und war voller Köstlichkeiten. Nachdem Wali sich gestärkt hatte, dachte er: „Vielleicht ist das eine Zaubertasche, die noch mehr Wünsche erfüllen kann. Ich werde es versuchen. Meine Kleider sind wahre Lumpen. Wie gerne hätte ich einen neuen Anzug, und auch Stiefel wären nicht schlecht!" Kaum hatte er das ausgesprochen, so war die Satteltasche mit wunderschönen Kleidern und einem Paar lederner Stiefel gefüllt. Wali zog sich um und wanderte aus dem Wald.

Gegen Abend kam er bei einer Hütte an und fragte die Frau, ob er ein Nachtlager haben könnte. Sie war sehr freundlich und erzählte ihm, dass sie auch einen Sohn in seinem Alter habe und sich freue, ihn zu beherbergen. Dann kochte sie für alle ein Abendmahl, hatte aber vergessen, Fleisch zu besorgen. Wali wollte helfen, ging nach draußen und sprach zu seinem Zaubersack. Als er mit dem Fleisch zur Küche kam, waren Mutter und Sohn äußerst neugierig, aber Wali verriet nicht, woher das Fleisch stammte. In der Nacht hörte er Mutter und Sohn tuscheln und wusste, dass sie es auf seine Tasche abgesehen hatten. Da machte er sich noch vor Morgengrauen auf den Weg.

Am Ufer eines Flusses traf er auf einen Fischer, der seine Netze flickte. Der Fischer war einsam, lud ihn zu einem einfachen Mahl ein und erzählte ihm dabei, warum er so traurig war. Banditen hatten vor kurzem seine Hütte überfallen und seine Frau geraubt. Nun wollten sie, dass er sie zurückkaufe, aber er hatte kein einziges Geldstück. Wali wusste, dass er hier helfen musste, sprach wieder zu seiner Satteltasche und siehe da, sie öffnete sich und die Frau trat heraus. Da war die Freude groß. Am nächsten Morgen jedoch, als er sich am Fluss waschen wollte, hörte er die Frau auf den Mann einreden. Sie wollte ihn überreden, die Tasche zu stehlen, damit sie nie mehr Hunger leiden müssten. Schnell packte Wali seine Satteltasche und machte sich davon.

Während er so weiterwanderte, hörte er plötzlich aus einem Gebüsch eine Stimme. „Hilfe, Hilfe, lieber Gott, mach, dass mich jemand hört!" Schnell schaute er nach und entdeckte ein junges Mädchen, das gefesselt am Boden lag. Sofort befreite er sie und hörte sich ihre Geschichte an: Ihr Name war Zuleika, und nachdem ihre Mutter gestorben war, hatte die neue Frau ihres Vaters sie an einen anderen Haushalt vermittelt, wo sie wie eine Sklavin behandelt wurde. Eines Tages gelang ihr die Flucht, aber Räuber fingen sie und ließen sie im Gebüsch zurück. Zuleika bat Wali, sie nach Hause zurückzubringen. Das versprach er auch, zuerst bat er jedoch seinen Zaubersack um neue Kleidung für das Mädchen und siehe, sie fand darin eine seidene rosafarbene Hose, ein besticktes purpurfarbenes Samtjäckchen, goldene Schühchen und einen hauchdünnen Gesichtsschleier. Gemeinsam erreichten sie bald Zuleikas Elternhaus, und niemand erkannte das Mädchen, als es nach dem Herrn fragte. Der Vater war überglücklich, als er seine schöne Tochter lebend vor sich sah, denn die Stiefmutter hatte ihm erzählt, das Mädchen sei im See ertrunken. Wütend schmiss der Vater die Hexe aus dem Haus und lud Wali ein, für immer bei ihnen zu bleiben.

Die jungen Leute wurden ein Paar, und die Satteltasche sorgte dafür, dass sie immer genug, aber nie zu viel von allem hatten.

Von einem weniger glücklichen Leben in Kashgar erzählt eine Geschichte aus dem 18. Jahrhundert.

Die duftende Konkubine

Während der Regierungszeit von Kaiser Qianlong (reg. 1736-1795) eroberten die Truppen der Qing Kashgar. Unter den Gefangenen, die sie mit zurück in die Hauptstadt und an den Kaiserhof brachten, befand sich ein junges Mädchen namens Xiang Fei. Diese junge Frau war die Enkelin des berühmten Abakh Hoja, der im 17. Jahrhundert über Kashgar, Kucha und Khotan herrschte, zudem Oberhaupt einer islamischen Sekte war und als ein Prophet zweiten Ranges nach Mohammed verehrt wurde.

Xiang Fei war nicht nur jung und bildhübsch, ihre Haut verströmte auch einen betörenden natürlichen Duft. Das kam dem Kaiser zu Ohren und er machte das uiguirische Mädchen zu seiner ersten Konkubine. Die ‚Duftende Kaiserliche Gemahlin', wie sie fortan genannt wurde, unterschied sich deutlich von den dunkelhäutigen Mandschu-Frauen und den plattgesichtigen Han-Frauen in den Westlichen Palästen. Im Gegensatz zu den anderen Konkubinen, die ihre Gesichter mit dicken Schminken aufhellten, war Xiang Feis Haut rein und natürlich. Der Kaiser war so begeistert von der jungen Frau aus Kashgar, dass er sie in einem rotseidenen Mandschugewand von seinem Hofmaler Guiseppe Castiglione porträtieren ließ. Um sie glücklich zu stimmen, veranlasste er, dass eigens für sie ein türkisches Bad gebaut und ein Turm errichtet wurden, von dem aus sie das Viertel der Mohammedaner südwestlich des Winterpalastes überblicken konnte. Xiang Fei vermisste jedoch ihre Heimat und sehnte sich zurück nach der Wüste. In ihrem Kummer verweigerte sie sich auch dem Kaiser und trug zu ihrem Schutz ständig ein scharfes Messer unter ihrer Kleidung versteckt. Die gläubige Frau lebte ausschließlich nach den islamischen Lehren und trug nur ihre Landeskleidung. Der Kaiserinmutter war diese störrische Konkubine ein Dorn im Auge und deshalb zwang sie die 29jährige Xiang Fei zum Selbstmord.

Kaiser Qianlong selbst grollte der jungen Frau nicht, sondern veranlasste, dass ihr Sarg nach Kashgar zurückgebracht und im Grabmal ihres berühmten Großvaters beigesetzt wurde.

An diesem Grabmal soll früher eine Holztafel mit einer Inschrift von Kaiser Qianlong angebracht gewesen sein. Uighurische Frauen kommen heute noch zum Beten an diesen Ort, da sie glauben, dass ihr duftendes Mädchen, das auch als uighurische Nationalheldin verehrt wird, ihnen helfen kann. Am mit grünen Glasziegeln bedeckten Grab murmeln sie ihre Leiden und Wünsche.

Kirgisistan – Die Heimat der Hirten

Von Kashgar aus bahnte sich die Karawanenstraße ihren Weg über das Pamirgebirge nach Westen durch die Städte Samarkand, Buchara und Bagdad. Zuerst verweilen wir jedoch bei dem Hirtenvolk der Kirgisen. Die Kirgisen stammen wohl ursprünglich aus dem südlichen Altaigebirge. Dort werden sie bereits Ende des 3. Jahrhunderts v. Chr. von den benachbarten Chinesen erwähnt. Sie sind ein Nomadenvolk, das zur Blütezeit der Seidenstraße in den Bergen nördlich von Kashgar lebte. „Pamir" bedeutet in den Turk-Sprachen so viel wie „Kalte Steppenweide", und man versteht in Zentralasien darunter Hochebenen, die zwischen 3700 und 4500 Metern Höhe liegen. Das ist die Heimat der Kirgisen. Da die Kirgisen oft mit ihren Herden umherziehen oder zumindest ein Sommer- und ein Winterquartier haben, wohnen sie auch heute noch in Filzjurten, runden Zelten, die sich einfach auf- und abbauen lassen.

Der Herrscher des Volkes ist ein Khan, und in den Gemeinden bestimmen die Alten und Weisen, sogenannte „Aksakals", das Geschehen. Am Lagerfeuer erzählte man sich zu Zeiten der alten Seidenstraße abends gerne Geschichten, und eine dieser Geschichten handelte von einem Jungen, der erstaunlicherweise schon als junger Mann den würdigen Titel „Aksakal" verliehen bekam und in den Rat der Weisen aufgenommen wurde. Das folgende Märchen begründet diese außergewöhnliche Auszeichnung:

Ashik

Ashik, ein junger Kirgise, hatte schon früh seine Eltern verloren und musste allein für seinen Unterhalt sorgen. Sobald er arbeiten konnte, hütete er für einen reichen Mann, einen sogenannten „Bei", eine Herde Schafe hoch oben auf den Bergweiden. Er verdiente nicht viel, hatte aber immer zu essen und genug Geld für warme Kleidung, die ihn vor den kühlen Gebirgswinden schützte.

Ab und zu musste Ashik hinunter ins Tal, damit der Bei seine Schafe zählen konnte. So geschah es, dass der Junge wieder einmal unterwegs war, als er am Wegesrand einen Frosch mit einem gebrochenen Bein fand. Ashik nahm das Tier mit nach Hause und schiente sein Bein, damit es heilen konnte. Als der Bei kam und seine Tiere begutachten wollte, entdeckte er den Frosch und schrie wütend: „Du sollst dich um meine Schafe kümmern und nicht um einen dreckigen, schleimigen Frosch. Dafür bezahle ich dich nicht!" Schon nahm er einen Stock und schlug auf den Jungen ein.

Nachdem der Bei gegangen war, nahm Ashik den Frosch und brachte ihn zu einem Tümpel. Bevor das Tier jedoch ins Wasser hüpfte, spuckte es einen kleinen Stein aus und begann zu sprechen: „Ashik, du hast mir das Leben gerettet. Nimm zum Dank diesen Zauberstein. Reibe ihn, wenn du in Not bist, und er wird dir immer helfen!" Ashik steckte den Stein in seine Tasche und machte sich weiter auf den Weg ins Dorf. Dort war alles in heller Aufregung und die Aksakals steckten aufgeregt ihre Köpfe zusammen und beratschlagten. Schnell erfuhr Ashik, was alle so entsetzte: Karakhan, ein gefürchteter, mächtiger Khan, war auf dem Weg, das Dorf zu unterwerfen. Mit Geschenken konnte man ihn nicht umstimmen, und er stellte seltsame Bedingungen. Er würde nur mit jemandem verhandeln, der nicht auf einem Pferd oder Kamel reitend und nicht zu Fuß über die Felder oder Straße zu ihm kommen würde. Ashik überlegte kurz und dann bat er die Ältesten, ihn ziehen zu lassen. Er würde auf einer Ziege auf dem Seitenstreifen reitend zum Khan gelangen. Man gab ihm ein Kamel als Gabe mit und ließ ihn ziehen. Der Khan war wütend, dass jemand ihn hereingelegt hatte, und sprach: „Ich werde dich leben lassen und dein Dorf verschonen, wenn du mir 100 schwarze Pferde, 100 seidene Brokatroben und eine weiße Jurte mit 100 Wänden bis morgen früh beschaffst!"

Ashik wurde eingesperrt, aber zum Glück hatte niemand seinen Zauberstein entdeckt. So nahm er ihn aus der Tasche, rieb ihn zwischen den Fingern und plötzlich stand ein bildhübsches, junges Mädchen vor ihm und sprach: „Hab keine Angst, Ashik, Karakhan ist ein schrecklicher Mensch, aber diese Dinge werden dir helfen!" Sie reichte ihm einen Kamm, eine Nadel und einen Spiegel und war sofort verschwunden.

Noch bevor der Morgen anbrach, erhielt der Khan Nachricht, dass eine große Karawane eingetroffen sei, und als er nachschaute, grasten 100 edle schwarze Pferde um eine riesige Jurte, die gefüllt war mit seidenen Roben und kostbarsten Möbeln. Karakhan konnte sich nicht an den Gaben erfreuen, zu sehr ärgerte er sich, dass der Junge ihn wieder hereingelegt hatte. Aber er musste sein Gesicht wahren und hieß ihn, zu Fuß nach Hause zu gehen. Kaum war Ashik jedoch unterwegs, hörte er hinter sich lautes Pferdegetrappel. Die Reiter des Khan hatten den Auftrag, ihn mit ihren Speeren zu durchbohren. Schnell zog Ashik den Kamm aus der Tasche und warf ihn zu Boden. Da wuchs zwischen ihm und den Reitern ein dichter Wald empor, den sie nicht durchdringen konnten. Als die Reiter unverrichteter Dinge zurückkehrten, zeigte der Khan kein Erbarmen und ließ alle enthaupten. Sogleich schickte er eine neue Gruppe los. Diese Männer konnten den Wald durchqueren, aber als Ashik die Nadel zu Boden warf, erhoben sich Berge mit solch steilen Wänden, dass sie nicht überquert werden konnten. So mussten auch diese Männer sterben, weil sie erfolglos waren. Wütend sprach der Khan: „Dann will ich den Jungen selbst töten!" Er bestieg sein wunderschönes, geflügeltes Pferd „Tulpar", auf dem er nur ritt, wenn höchste Zauberkraft vonnöten war, und flog mühelos über Wald und Berge. Ashik hörte plötzlich ein Rauschen in der Luft, drehte den Kopf und erblickte den Khan, der sein Schwert schon gezückt hatte. Im letzten Moment gelang es ihm, den Spiegel zu Boden zu werfen. Aus ihm bildete sich ein großer schimmernder See. Das Pferd wurde geblendet, erschrak und fiel samt Reiter ins Wasser. Der mächtige Khan konnte aber nicht schwimmen und ertrank auf der Stelle. Tulpar erreichte unbeschadet das Ufer, ließ Ashik aufsteigen und trug ihn zurück ins Dorf.

Jedermann dort war froh, dass der fürchterliche Khan nicht mehr lebte, und die Ältesten beschlossen, Ashik in ihren Rat aufzunehmen, da er mit Klugheit und Tapferkeit das Dorf gerettet hatte.

Zum Volk der Kirgisen gehören heute rund vier Millionen Menschen. Die große Mehrheit von ihnen lebt in der Kirgisischen Republik; kirgisische Minderheiten findet man auch in den benachbarten Ländern Kasachstan, Usbekistan, Tadschikistan und in der chinesischen Provinz Xinjiang.

Samarkand – Ein Märchen aus 1001 Nacht

Von den einfachen Jurten der Kirgisen ziehen wir weiter zu einer märchenhaften, glänzenden Stadt. Jeder Reisende an der Seidenstraße hat schon von Samarkand, einer weiteren" Perle in der Wüste" gehört, die vor mehr als 2500 Jahren „Afrosiab" genannt wurde. Afrosiab soll der Name eines legendären Königs gewesen sein, der damals über ein großes Territorium herrschte. Die Stadt hat eine wechselvolle Geschichte erlebt. 329 v. Chr. hat Alexander der Große sie erobert, Anfang des 8. Jahrhunderts kamen die Araber und schließlich zerstörte sie Dschingis Khan im Jahre 1220. Aber Samarkand hat überlebt und sich immer wieder neu erschaffen.

In der Zeit von Kaiser „Tamerlane" oder „Timur" (1336-1405), dem mächtigen Herrscher des 14. Jahrhunderts, erreichte Samarkand seine höchste Blüte und wurde weithin bekannt als die schönste Stadt der Welt. Im Sonnenlicht schimmerten die türkisfarbenen Kuppeln und Minarette der Moscheen, durch die Straßen wanderten Menschen aus aller Herren Länder und in den überdachten Basaren wurden die exotischsten und kostbarsten Waren feilgeboten.

Timur trug den Beinamen „Der Gelähmte", da er Verwachsungen an der rechten Schulter und dem rechten Knie hatte und die Beweglichkeit seiner rechten Hand aufgrund einer Pfeilverletzung eingeschränkt war. Diese körperlichen Gebrechen hinderten ihn jedoch nicht daran, Kriege zu führen und die Besiegten brutal und skrupellos zu töten. Es wird berichtet, dass bei der Eroberung von Isfahan 28 Schädeltürme auf einer Stadtseite gezählt wurden, so dass man von einer Zahl von 70.000 Toten ausgehen kann. Andererseits war Timur als großzügiger Literatur- und Kunstförderer bekannt. In den besiegten Städten ließ er die fähigsten Handwerker und Künstler nicht töten, sondern in seine Heimat verschleppen. So arbeiteten zu seiner Zeit in Samarkand Architekten, Ziegelbrenner, Schreiner, Schnitzer, Edelsteinschleifer, Glasmacher und Maler aus Persien, Indien und Syrien. Timur veranlasste die Errichtung unzähliger Prachtbauten, darunter die berühmte Moschee Bibi Xanom. Diese Moschee soll angeblich nach einem erfolgreichen Feldzug gegen Indien zu Ehren seiner Lieblingsfrau gebaut worden sein.

Bibi Xanom war Timurs erste und älteste Frau und in politischen Fragen seine Beraterin. Er verehrte sie sehr und machte das allen kund, indem er diese großartige Moschee nach ihr benannte. Man sagt, es sei die einzige Moschee der Welt, die einen weiblichen Namen trägt. Dazu gibt es eine amüsante Legende:

Die Geschichte von der Entdeckung der Fallschirmseide

Während Timur wieder einmal auf einem Feldzug war, übergab er die Aufsicht über den Bau seiner neuesten Moschee einem jungen, gutaussehenden Baumeister. Bibi Xanom wollte nun ihren Gatten bei seiner Heimkehr mit der fertigen Moschee überraschen und besuchte oft die Baustelle, um den Fortschritt voranzutreiben. Und wie es so kam, verliebte sich der junge Bauaufseher in die schöne Königin.

Als Bibi eines Tages erfuhr, dass die Soldaten schon auf dem Heimmarsch waren, wusste sie, es war Eile geboten, und bedrängte den Baumeister. Der aber sprach: „Die Moschee wird rechtzeitig fertig sein. Dafür verlange ich aber als Lohn einen Kuss von Euch." Die Königin war entrüstet: „Ich will dir jede meiner Gefolgsfrauen geben, welche auch immer du willst. Warum schaust du mich so an? Sieh diese unterschiedlich bunten Eier: Sie haben zwar verschiedene Farben, aber wenn du sie aufschlägst, sind sie dann nicht alle gleich? So sind auch wir Frauen!"

Doch der Baumeister führte einen Gegenvergleich ins Feld: „Ich will dir antworten: Hier sind zwei Gläser. Eines ist mit köstlichem Wasser gefüllt, das andere mit Weißwein. Sie sehen gleich aus, doch wenn ich sie mit meinen Lippen berühre, entzückt mich das eine mit flüssigem Feuer, so dass ich das andere nicht schmecke. Das ist Liebe!"

Bibi sah sich in großer Not, denn die Überraschung für ihren Mann war in Gefahr; also willigte sie ein. Schon näherte sich der Baumeister ihrem Mund, da bekam die Kaiserin im letzten Augenblick Zweifel und wollte sich mit ihrer Hand schützen. Der Kuss war jedoch derartig leidenschaftlich, dass sich die Liebesglut durch ihre Handfläche fraß und einen purpurnen Fleck auf ihrer Wange hinterließ.

Nach ein paar Tagen erreichte Timur mit seinem Heer die Stadt. Vor seinen Augen erhoben sich prächtige Kuppeln und die schlanken Minarette reckten ihre Spitzen gen Himmel. Sein Glück wurde jedoch getrübt, als er das Mal auf der Wange seiner Liebsten entdeckte. Zitternd gestand ihm Bibi Xanom die Wahrheit. Sofort befahl Timur, nach dem Übeltäter zu suchen, der war aber schon durch das Stadttor entschwunden. Der Kaiser zürnte: „Dann wirst du alleine büßen müssen! Zur Strafe wird man dich heute noch von einem der Minarette in den Tod stürzen!"

Bibi wusste, sie konnte ihn nicht umstimmen, doch sie flehte: „Gewährt mir noch eine letzte Bitte, lasst mich in meinen seidenen Kleidern sterben!" Das wurde ihr erlaubt und sogleich begab sie sich in ihre Gemächer. Hier zog sie Seidenkleid über Seidenkleid, bis sie fast einem Ballon glich. Als sie sich anschickte zu springen, fiel sie nicht, sondern schwebte wohlbehalten zu Boden. Die kluge Frau war gerettet und man sagt: Der Fallschirm war erfunden.

Aber auch der gefürchtete Timur war nicht unsterblich. Während eines sehr harten Winters hatte er sich entschlossen, mit einem 200.000 Mann starken Heer China zu erobern. Bartold, ein mittelasiatischer Historiker, schreibt Anfang des 20. Jahrhunderts über diese Expedition:

„Der Winter 1404/05 war einer der kältesten, die Turkestan je erlebt hatte.[...] Trotz seines Alters hatte Timor die Strapazen auf sich genommen, ohne zu ahnen, dass seine letzten Tage bereits angebrochen waren.[...] Wegen des starken Frostes trank Timor zur inneren Erwärmung in großen Mengen Alkohol, was als die unmittelbare Ursache seines Todes anzusehen ist. Zwei Tage lang soll er nicht vom Arrak, dem türkischen Schnaps, gelassen haben und dabei keinen Bissen gegessen haben. Er starb am 18. Februar 1405."

Sein in Rosenöl und Moschus einbalsamierter Körper kehrte in einem Sarg aus Ebenholz nachts nach Samarkand zurück.

Timur wurde in dem Gebäude beigesetzt, in dem wenige Jahre zuvor Mohammed Sultan bestattet worden war. Der Syrer Ibn Arabschah, der zu diesem Zeitpunkt in Samarkand weilte, beschrieb das Innere des provisorischen Mausoleums:

„Die Grabstätte war mit Tüchern verdeckt. Tamerlans Waffen und andere Gegenstände aus seiner persönlichen Habe, alle mit Juwelen aus verschiedenen Weltgegenden verziert, waren an den Wänden befestigt; goldene und silberne Leuchter hingen von der Decke; Teppiche aus Seide und Samtstoffen dämpften die Schritte der Besucher, die jeden Tag zahlreich waren und darauf hofften, dass ihre Gebete am Grab des großen Mannes erhört wurden. Selbst wer außen vorbeiritt, verneigte sich, stieg sogar vom Pferd, um den Toten zu ehren. Timur war eine Heiligenfigur geworden."
(Zitiert aus Peltz, J. *Usbekistan entdecken*)

Kaufleute und Pilger trugen die Kunde von der sagenhaften Pracht des Orients nach Westen, wo sie auch bis nach Deutschland gelangte. So kam es, dass selbst Goethe Samarkand, die Stadt, die er nie gesehen hatte, in seinem *Westöstlichen Diwan* besang, einer Sammlung lyrischer Gedichte, die zwischen 1814 und 1819 entstand. Im Buch Suleika heißt es:

Getrocknet honigsüße Früchte
Von Bochara, dem Sonnenland,
Und tausend liebliche Gedichte
Auf Seidenblatt von Samarkand
oder:

Hätt' ich irgend wohl Bedenken,
Balch, Bochara, Samarkand,
Süßes Liebchen, dir zu schenken,
Dieser Städte Rausch und Tand?

In Samarkand wurde schon in alter Zeit Seidenpapier aus der Rinde des Maulbeerbaumes hergestellt, und stolze Fremdenführer behaupten heute, Goethe habe seine wunderbaren Verse auf handgeschöpftes Seidenpapier aus Samarkand geschrieben.

Weiterhin ist Samarkand den Menschen im Westen durch die Märchen aus 1001 Nacht bekannt. Sie berichten von einem grausamen König und einer klugen Geschichtenerzählerin:

Der grausame König

Vor langer, langer Zeit lebte in Samarkand ein König namens Schahrirar. Seine Frau war ihm untreu geworden und er hatte sie deshalb verstoßen. Nun lebte er verbittert und einsam auf seinem Schloss und konnte des Nachts nicht schlafen.

Da wies er seinen Großwesir an, ihm jede Nacht ein Mädchen zu seinem Vergnügen zu bringen. Wenn dann der Morgen graute, befahl er, dem Mädchen den Kopf abzuschlagen, und er hatte auch noch seinen Spaß daran.

Die Menschen ängstigten sich vor dem grausamen König und flohen aus der Stadt. Bald gab es keine jungen Mädchen mehr. Nun hatte der Großwesir zwei Töchter, die eine hieß Sheherazade, die andere Dunjazade. Sheherazade hatte viele Bücher gelesen und kannte unzählige Geschichten und Legenden.

Sie war sehr schön und klug. Als sie ihren Vater so in Sorge sah, sprach sie: „Ach Vater, mich kümmert dein sorgenbeladenes Herz. Dieses Morden muss endlich ein Ende haben. Bitte bring mich zum König!"

Im Geheimen hatte sie mit ihrer Schwester einen Plan gefasst, wie sie den König dazu bringen könnte, keine Mädchen mehr töten zu lassen. Sie erzählte ihrem Vater davon und schließlich gab er nach und brachte sie zum Palast.

Als Sheherazade neben dem König saß, seufzte sie: „Ach lieber Herr, ich habe eine jüngere Schwester. Sie sorgt sich sehr um mich und wie gern würde ich mich noch von ihr verabschieden." Da ließ der König die Schwester rufen.

Wie es die beiden Mädchen abgesprochen hatten, sagte Dunjazade nach einer Weile zu ihrer Schwester. „Sheherazade, erzähl uns doch eine deiner wunderbaren Geschichten!" „Mit Freuden, wenn es der große König erlaubt: „Beginne!", sagte er, denn er hörte gern Geschichten und war gespannt, was sie zu erzählen hatte.

Sheherazade begann und der König lauschte ihrer lieblichen Stimme die ganze Nacht und war wie verzaubert. Als der Morgen graute sprach Dunjazade: „Es war eine wunderschöne Geschichte, meine liebe Schwester." Und Sheherazade entgegnete: „Ach, ich könnte in der nächsten Nacht noch schönere Geschichten erzählen, wenn ich dann noch am Leben wäre..."

Da dachte der König bei sich: Ich werde sie nicht töten lassen, bevor ich nicht noch mehr von ihren Geschichten gehört habe. Er schickte Sheherazades Schwester nach Hause und widmete sich seinen Staatsgeschäften. Ungeduldig erwartete er den Abend. Als endlich die Nacht anbrach, ließ er Sheherazade zu sich bringen. Sie setzte sich und begann zu erzählen.

So erzählte Sheherazade ihre Geschichten, bis 1001 Nacht vergangen waren. Während dieser Zeit hatte sich der König verändert. Von nun an regierte er mit Güte und Weisheit sein Land, und die schöne Sheherazade hatte er so lieb gewonnen, dass er sie zur Frau nahm.

Als Königin von Samarkand lebte Sheherazade wahrscheinlich in großem Luxus. Wir können uns ein Bild davon machen, wenn wir die Berichte von Botschaftern lesen, die König Timur in Samarkand besuchten.

Timur bewirtete seine Gäste in „Obstgärten", in denen großzügige Zeltpavillons die Anwesenden vor der Sonne schützten... Im Mittelpunkt des Platanengartens stand ein kleines Gebäude mit kreuzförmigem Grundriss, in dem es hinter einem silbern und golden verzierten Wandschirm einen mit Seidenkissen bedeckten Diwan gab. Die rosafarbenen Seidenbehänge der Wände hatte man mit vergoldeten, mit Perlen und Edelsteinen besetzten Silberstückchen verziert und die über diesen Behängen angebrachten handbreiten Seidenstreifen mit einer Vielzahl farbiger Seidenquasten versehen, die ganz reizend bei jedem Luftzug hin und her wehten.

In der blühenden, reichen Stadt voller Händler, Wissenschaftler und Künstler fehlte es an nichts, und der Überfluss führte zuweilen zum Verdruss. Die folgende Geschichte handelt von einem äußerst verwöhnten Regenten:

Der seidene Regenbogen

Einst lebte ein „Beg", ein bedeutender Herrscher, der alles besaß, was man sich nur vorstellen kann. Ständig wurde er von ehrerbietigen Dienern versorgt, die ihm jeden Wunsch von den Augen ablasen. Am Tage ritt er auf einem herrlichen weißen Pferd durch die Stadt und bewunderte die schön angelegten Gärten und herrlichen Moscheen. Jeden Abend traten die unterschiedlichsten Artisten auf, um ihn zu unterhalten, während vor ihm die köstlichsten Speisen aufgetragen wurden. Seine Schatzkammern waren gefüllt, und kein Feind bedrohte das Reich. Der Beg konnte sich eigentlich glücklich schätzen, aber er hatte ein Problem: Er langweilte sich unsäglich.

Eines Tages rief er seinen höchsten Berater zu sich und forderte: „Ich möchte etwas Neues, etwas ganz Neues!" Der Mann machte mehrere Vorschläge, aber weder Akrobaten noch Clowns oder Musiker konnten den Beg reizen. All das kannte er schon zu Genüge. Da drohte er seinem Berater: „Ich gebe dir bis morgen Zeit, wenn dir nichts einfällt, dann...!" Der arme Berater konnte in dieser Nacht keinen Schlaf finden und wälzte sich unruhig von einer Seite zur anderen. Am nächsten Morgen hatte er immer noch keine Lösung gefunden und weinte in seinem Gram. Da ging die Sonne auf und die ersten Strahlen fielen durch das Fenster und brachen sich in den Tränen auf seinen Wimpern. Vor seinen Augen erleuchteten die Farben des Regenbogens und plötzlich hatte er eine Idee. Schnell erhob er sich, kleidete sich an und lief zum Beg. „Eure Hoheit verzeiht, ich habe eine Idee, aber gebt mir noch ein paar Tage, damit ich sie ausführen kann!" Dem Beg war schon alles gleichgültig und so gewährte er die Bitte. Der Berater aber begab sich schnellstens zu den Seidenwebern und besorgte herrliche weiße Stoffe, dann rief er die besten Färber der Stadt zusammen und gab ihnen genaue Anweisungen und schließlich wurde von des Begs eigenen Schneidern das herrlichste Gewand, das man sich vorstellen kann, hergestellt.

Am nächsten Tag brachte er das Gewand zum Herrscher. Alle Anwesenden zitterten, wussten sie doch nicht, was sich in der großen Schachtel verbarg. Als der Beg sie öffnete, zeigte sich zuerst Erstaunen und dann ein freudiges Lachen auf seinem Gesicht. In der Hand hielt er den schönsten, leichtesten Mantel, den man je gesehen hatte. Die Farben des Regenbogens leuchteten noch kräftiger, als der Berater sie durch seine Tränen gesehen hatte. Der Beg warf den Mantel um sich und tanzte fröhlich im Saal umher, dabei sang er: „Mir geht's wieder gut! Keine Langeweile mehr!" Gleich darauf besann er sich seines Standes und setzte sich wieder auf seinen Thron. Er verkündete: „Heute ist ein herrlicher Tag. Ich bin fröhlich, und deshalb möchte ich, dass auch meine Untertanen glücklich sind. Hiermit gebe ich den Auftrag, dass mehr von diesem herrlichen Material hergestellt wird, und jeder, der es wünscht, kann sich damit kleiden!" Und so geschah es dann auch!

Von Samarkand kommend folgen wir der Seidenstraße weiter nach Westen und erreichen Buchara.

Buchara – Die Heilige

Buchara, im heutigen Usbekistan gelegen, gilt als die älteste Stadt Mittelasiens. Ausgrabungen legen nahe, dass die Stadt vor rund

2500 Jahren gegründet wurde. Buchara bedeutet in Sanskrit „Kloster" und war einst Zentrum der islamischen Lehre. Es gibt hier mehr als 350 Moscheen und 100 islamische Hochschulen (Medresen). Für den Handel an der Seidenstraße ist von allen historischen Baudenkmälern das Kalan Minarett, auch Wüsten-Leuchtturm genannt, am bedeutendsten. Dieses Minarett von 50 Metern Höhe wurde im 12. Jahrhundert erbaut. Im Mittelalter brannte auf seiner Spitze Tag und Nacht ein Feuer, das den Kamel-Karawanen, die durch die Kysylkum-Wüste zogen, den Weg nach Buchara wies, denn diese Stadt war nicht nur ein religiöses Zentrum, sondern auch ein weiterer bedeutender Umschlagplatz von Waren auf der Seidenstraße. Nachdem das Geheimnis der Seidenherstellung gelüftet war, entstanden in Buchara eigene Seidenspinnereien, und bis zum heutigen Tag kann man in den Teppichmanufakturen Seidenweber bei der Arbeit beobachten und die wunderbar farbigen Teppiche mit traditionellen Mustern bewundern. Buchara trägt den Beinamen „Stadt der Goldfäden", da viele der handgearbeiteten Erzeugnisse, die oftmals aus Seide gefertigt sind, zur Verzierung mit Goldfäden bestickt werden. Nach der Erlangung der Unabhängigkeit von Russland ist die Seidenraupenzucht heute jedermann erlaubt.

    Legenden von der Seide waren nicht zu finden, aber erwähnenswert ist, dass usbekische Fremdenführer die Reisenden immer zum Denkmal von HODSCHA NASREDDIN führen, dem orientalischen Till Eulenspiegel, dessen historische Existenz nicht gesichert ist, von dem man aber annimmt, dass er im 13./14. Jahrhundert gelebt hat. Das Denkmal zeigt einen bärtigen Mann mit einem bestickten Käppi auf dem Kopf. Auf einem Esel sitzend betrachtet er das Treiben in der Stadt. Was er sieht, ist dem Volk in Form von Anekdoten und Witzen überliefert.

Nasreddin und sein Esel

Jeden Tag überquerte Nasreddin mit seinem Esel die Grenze. Der Esel trug hoch mit Stroh beladene Körbe. Da Nasreddin zugab, ein Schmuggler zu sein, durchsuchten ihn die Zöllner sehr gründlich. Sie machten Leibesvisitationen und verbrannten sogar gelegentlich das Stroh, das Nasreddin transportierte. Nichtsdestotrotz wurde Nasreddin sichtlich wohlhabender. Schließlich setzte er sich zur Ruhe und zog in ein anderes Land. Dort begegnete er eines Tages einem Zöllner, der ihn des öfteren kontrolliert hatte. „Jetzt könnt ihr es mir ja verraten, Nasreddin", sagte der Zöllner „was habt ihr damals eigentlich geschmuggelt?" „Esel", antwortete Nasreddin.

In dem usbekischen Buch *Wer die Maus unter dem Arm kitzelt* heißt Nasreddin Afandi.

Der verlorene Esel

Afandi hatte seinen Esel verloren. Er machte sich auf den Weg, um seinen Esel zu suchen, und dabei dankte er Gott.
„Lob sei Allah, dem Weltenherrn, dem Barmherzigen, dem König am Tage des Gerichts."
„Wofür danken Sie denn Gott?", fragten die Menschen. „Er hat doch Ihren Esel verloren gehen lassen."
„Warum sollte ich ihm denn nicht danken?", versetzte Afandi. „Gott sei Dank, dass ich zu Hause war. Wäre ich auf dem Esel gewesen, so wäre ich doch mit meinem Esel abhanden gekommen. Und er, der Allmächtige, hat mich davor bewahrt."

Solcherart Geschichten machen auch heute noch in Karawansereien, in Teehäusern, bei Radiosendern und in Wohnzimmern die Runde.

Chiwa – Die Oasenstadt in der Wüste

Etwa 450 km von Buchara entfernt liegt in der gleichen Wüste, und ebenfalls im heutigen Usbekistan, die Oasenstadt Chiwa. Dieser Ort ist mehr als 2500 Jahre alt und ihm kam durch seine Lage am Verbindungsweg zwischen Europa und Indien stets eine strategische Bedeutung zu. Im Jahre 712 wurde Chiwa im Laufe der islamischen Expansion von arabischen Streitkräften erobert, was zur Verbreitung des Islam führte. Trotz häufiger Belagerungen und Eroberungen hat sich Chiwa seinen exotisch orientalischen Charme bewahrt. Inmitten der gut erhaltenen Festungsmauern befinden sich alle architektonischen Sehenswürdigkeiten, darunter Moscheen, Minarette, Medresen und der Palast, die ehemalige Residenz des Khans.
Beim Besuch einer der Moscheen erzählte der Mullah folgende Geschichte:

Der Fund

Eines Tages entdeckte ein Walnusshändler am Boden eines seiner Säcke einen dicken Beutel mit Goldmünzen. Da er annahm, die Münzen seien mit einem Fluch belegt, brachte er den Fund zum Khan. Dessen Berater, ebenso abergläubisch wie der Händler, rieten dem Herrscher, dass mit Hilfe des Goldes eine neue Moschee errichtet werden solle. So glaubte man Unheil vermeiden zu können. Dem Khan gefiel der Vorschlag, der Walnusshändler erhielt die Münzen zurück und es wurde ihm ein Stück Land zugewiesen.

Nicht lange und man begann die Moschee zu bauen, aber als sie erst zur Hälfte fertig war, gab es keine Münzen mehr. Da hatte der resolute Händler eine Idee, wie man die Moschee doch noch beenden könne. Er versprach jedem Bürger von Chiwa eine Walnuss im Tausch für einen Ziegel. Wie man sieht, hat es geklappt!

Chiwa nennt sich auch heute noch „Die Stadt der Seide". Ende des 19. Jahrhunderts beschreibt J. A. MacGahan in seinem Buch *Campaigning on the Oxus, and the Fall of Khiva, 1874* die Stadt folgendermaßen:

Ein großer Teil Seide wird in Khiva hergestellt. In der ganzen Oase gibt es weiße Maulbeerbäume und in jedem Haus fanden wir zwei oder drei Räume, in denen die kleinen Spinner an den Blättern knabberten... Der ganze Prozess des Spinnens, Färbens und Webens wird oft in einer Familie von einer oder zwei Personen ausgeführt... Wandert man durch ein oder zwei Straßen in Khiva, so findet man die Außenwände der Häuser mit Seidengarn bedeckt, das die Färber dort zum Trocknen aufgehängt haben, und wenn du nicht aufpasst, sind deine Kleider rot und purpurn besprenkelt von den tropfenden Bündeln über deinem Kopf.

(Übersetzung der Autorin aus Alexander, *A Carpet Ride to Khiva*)

Usbekistan ist nach Indien und China der drittgrößte Seidenproduzent und beansprucht für sich den Beinamen „Das Herz der Seidenstraße". Es wird hauptsächlich Atlasseide hergestellt. Die beste Atlassorte ist Khan-Atlas, eine Seide, die ihren Namen erhielt, weil in der Vergangenheit nur die Angehörigen der Khan-Familien aus diesem Stoff gefertigte Kleidungsstücke tragen durften. Heute hingegen werden aus Khan-Atlas sowohl hochwertige Alltagskleider als auch die nationalen Festtrachten geschneidert. Wie es zu der Entdeckung der wunderschön glänzenden Atlasseide kam, erzählt uns die Legende.

Wie man das Herz einer eitlen Frau gewinnt

Vor langer, langer Zeit verliebte sich ein junger Weber in die Tochter eines wohlhabenden Landbesitzers. Die junge Dame war an dem armen Schlucker nicht interessiert. Damit er sie aber nicht weiter belästigte, sprach sie: „Ich werde dich erst erhören, wenn du mir die schönste Seide bringst, die je gesponnen wurde." Der verliebte Weber machte sich sofort an die Arbeit, aber was immer er auch der Angebeteten vorlegte, sie streifte es nur mit einem zornigen Blick.

Endlich, als dem Weber die Haut schon in Fetzen an seinen Händen hing, gab er auf. Niedergeschlagen wanderte er zu einem kleinen Bach, der bei seiner Weberei vorbeifloss und hielt seine blutenden Finger in das Wasser. Da sah er, wie sich das Blutrot seiner Wunden mit dem schimmernden Gold der Sonne vermischte, wie sich das Grün der überhängenden Äste spiegelte und das Blau des Himmels durch das Wasser leuchtete. Diese Farbsymphonie inspirierte ihn. Er rannte in seine Werkstatt und webte Atlasseide.

Als der junge Mann das fertige Tuch zu seiner Angebeteten brachte, verliebte sie sich sogleich in das zarte, schimmernde Material und in der Hoffnung, noch mehr davon zu erhalten, nahm sie den armen Weber zum Manne.

Bis 1924 wurde in Chiva noch mit Seidengeld bezahlt. Jede einzelne Note war handgewebt und wurde anschließend in der Münzanstalt in Kunya Ark bedruckt. Wenn das Geld schmutzig war, konnte man es im wahrsten Sinne des Wortes waschen. Als sich die Russen (1924) Usbekistan einverleibten, galt Seidengeld nicht mehr als gültiges Zahlungsmittel. Die praktischen Usbeken erfanden jedoch eine neue Möglichkeit, das Geld zu nutzen. Es wurde nun Mode, die einzelnen Teile zusammenzunähen und daraus Patchwork Quilts herzustellen. Diese wunderbaren Stücke galten als begehrte Hochzeitsgeschenke, symbolisierten sie doch den Wunsch, dass es dem jungen Paar in Zukunft finanziell gut gehen möge.

Bagdad –Die Stadt der Kalifen

Harun al-Raschid (ca. 763-809 n. Chr.) ist uns als der „Kalif von Bagdad" bekannt und wird meist in Verbindung mit den Märchen aus Tausendundeine Nacht gebracht, wo er als lebensfroher und kunstbegeisterter Monarch dargestellt wird. Er war der 5. Kalif der Abbasiden, deren Reich sich zu diesem Zeitpunkt vom Indus bis zum Atlantik erstreckte. Niemand auf Erden kam zu dieser Zeit dem Befehlshaber der Millionen von muslimischen Gläubigen gleich, die sich fünfmal am Tag gen Mekka verbeugten und die gleichen Gebete sprachen. Der Machtanspruch drückte sich auch im Palast des Herrschers in Bagdad aus. Will man den Geschichtsforschern glauben, so war dieser in einer Pracht ausgestattet, die uns heute märchenhaft und unwirklich erscheinen muss. André Clot schreibt in seinem Buch *Der Kalif von Bagdad*:

„Was man im Palast des Befehlshabers der Gläubigen nicht alles aufgehängt hatte an Vorhängen aus Goldbrokat, verziert mit prachtvollen Goldstickereien, die Kelche, Elefanten, Pferde, Kamele, Löwen und Vögel darstellten, und die vielen großen Wandbehänge..., einfarbig oder mit Mustern geschmückt. Und es gab achtunddreißigtausend bestickte Vorhänge aus Goldbrokat..."

In seinem glitzernden Palast umgab sich Harun al-Raschid mit einer großen Schar ausgesuchter Künstler, darunter Musiker, Tänzer, aber auch mit Rechtsgelehrten und Dichtern. Der Dichtkunst war er so ergeben, dass er den Schöpfer eines gelungenen Gedichtes mit Schätzen überhäufte. Oft handelte es sich dabei um wertvolle Kleidungsstücke, denn äußerer Prunk war zu dieser Zeit sehr geschätzt. Die Kalifen und Noblen besaßen gigantische Garderoben, und ihre Kleiderschränke befanden sich in gesonderten Gebäuden, wo sie von hohen Beamten bewacht wurden. Aus den Märchen aus Tausendundeine Nacht wird folgendes Gespräch zwischen dem Kalifen Muwaffaq, einem Enkel Haruns, und seinem Wesir Hasan zitiert:

„O, Hasan, dieser Stoff hat mir gefallen. Wie viel davon haben wir im Magazin?" - *Nun, da zog ich sofort aus meiner Stiefelette eine kleine Rolle heraus, wo alle Waren und Stoffe, die sich in den Lagern befanden, verzeichnet sind... Ich fand also 6000 Stück von der Art dieses Gewandes. „O, Hasan", sagte Muwaffaq zu mir, „dann sind wir ja nackt! Schreib in die Länder, wo sie herkommen, damit man uns 30.000 Stück von dieser Art schickt."*

Aus eben dieser Quelle stammt die Aufzählung des Inhalts der Kleiderschränke, die Harun al-Raschid hinterließ. Der Kalif von Bagdad besaß bei seinem Tode viertausend goldbestickte Seidengewänder, viertausend Seidenkleider, die mit Zobel, Marder und anderen Pelzen verbrämt waren, zehntausend Hemden, zehntausend Kaftane, zweitausend Hosen, viertausend Turbane, tausend Kleider aus verschiedenen Stoffen, tausend Gewänder mit Kapuzen, fünftausend Taschentücher, tausend vergoldete Gürtel, viertausend Paar Schuhe, von denen die meisten mit Marder oder Zobel besetzt waren, sowie viertausend Paar Strümpfe. Kleidung galt zu dieser Zeit auch als ein beliebtes Geschenk unter Herrschern. Harun al-Raschid soll Karl dem Großen nicht nur einen Elefanten mit dem Namen Abu l-Abbas, sondern auch zahlreiche Seidenstoffe und Leinengewebe übersandt haben.

Konstantinopel – Das Tor zwischen Asien und Europa

Konstantinopel profitierte, ebenso wie die anderen legendären Orte an der Seidenstraße, von seiner strategisch vorteilhaften Lage. Hier soll es zur Regierungszeit von Kaiser Justinian I. (527-567) geschehen sein, dass man vom Geheimnis der Seidenproduktion erfuhr. Eine weithin bekannte Legende erzählt, wie dieses Geheimnis Vorderasien erreichte:

Zwei verschlagene Mönche

Nun geschah es, dass sich zwei christliche Mönche aus Konstantinopel auf den Weg gen Osten machten, um dort ihre Lehre zu verkünden. Sie folgten der Seidenstraße und erreichten nach vielen

Stationen das prächtige Khotan. Hier verweilten sie einige Jahre und wurden mit Land und Leuten vertraut. Dabei fiel es ihnen nicht schwer, sich Kenntnisse über die Seidenraupenzucht anzueignen. Bald waren sie sich dieses Schatzes bewusst und sannen auf einen Weg, die Seidenraupen unbehelligt aus dem Land zu schmuggeln. Schließlich fanden sie eine Lösung. Sie höhlten ihre Wanderstöcke aus und füllten sie dann mit den Eiern des Seidenraupenspinners. Das Glück war den Mönchen hold, es gelang ihnen, unbehelligt und unversehrt nach Konstantinopel zurückzukehren. Dort wurden sie mit Freuden empfangen, denn ihre Mitbringsel legten den Grundstein für die berühmten Seidenspinnereien in dieser Region.

Bald gab es kaiserliche Werkstätten, in denen Seide produziert wurde. Die hergestellten Seidengewebe durften aber nicht frei verkauft werden, sondern mussten an die kaiserliche Schatzkammer abgeliefert werden. Alle Seidenweber waren verpflichtet, mit ihren Familien in bestimmten Gebäuden zu arbeiten. Anfänglich waren die Seidengewebe schlicht, jedoch nach und nach entwickelte man eine Webart mit Mehrfachfäden und sich wiederholenden Mustern. Die Oberschicht schmückte nun ihr Heim mit Vorhängen und Kissenbezügen aus dem wertvollen Stoff und in den Kirchen benutzte man Altartücher und Messgewänder aus Seide.

In einem vermutlich im 7. Jahrhundert geschriebenen taoistischen Text wird die hohe Qualität der in Konstantinopel produzierten Seide in höchsten Tönen gelobt. Die historische Quelle berichtet von einem chinesischen Händler, der sich als Gesandter ausgibt und am Hofe Seide als Gastgeschenk darbietet:

< Der Gesandte hatte dem König tausend Rollen brochierter Seide, die er auf seinem Schiff hatte, angeboten. Doch lachend sagte der König: „Das sind ja Barbaren-Seiden! Welch schlechte Qualität, ein Beweis, dass diejenigen, die sie hergestellt haben, verderbte Kreaturen sind! Welch Mangel an Aufrichtigkeit: So etwas kann man in unserem Lande nicht gebrauchen!" Er wies sie von sich und nahm sie nicht an. Dann zeigte er dem Gesandten hauchzarte Gewebe aus Fäden (glänzend wie Jade), brochierte Seiden mit achtfarbigen Blumenmustern, türkisblaue Satins, einfarbige Seiden mit Jadefäden durchwebt und Stickereien mit goldgesprenkelten blauen Steinen. Das Weiß war wie Schnee, das Rot wie die Feuer der untergehenden Sonne, das Blau übertraf die Federn der Eisvögel und das Schwarz ähnelte einem flügelschlagenden Raben. (Diese Stoffe) hatten einen so strahlenden Glanz, überall fanden sich die fünf Farben; diese Stoffe waren vier Fuß breit; sie hatten keinerlei Mängel, und sah man (daneben) die mit Webfehlern gespickten Stoffe des Gesandten, so waren die Seiden aus dem Land des Nordens wirklich jämmerlich. (Der Gesandte) selbst sagte: „Im Land der Da Qin fehlt nichts, und alles ist besser als in China! Das wird sich nie vergleichen lassen! > Drège, S. 240/241 (Übers. nach H. Maspero)

Mit der Eroberung Konstantinopels durch die Kreuzritter (1204) ging nicht nur die glorreiche Zeit des Byzantinischen Reiches zu Ende, sondern auch die heimische Seidenweberei verlor an Bedeutung. Dennoch blieb Konstantinopel ein bedeutender Handelsplatz. Von 1455 bis 1461 ließ Sultan Mehmed der Eroberer den Großen Basar bauen, der hauptsächlich als Stoffmarkt diente. Im 16. Jahrhundert wurde der Basar während der Regierungszeit von Sultan Suleiman dem Großen bedeutend erweitert, aber 1894 zerstörte ein schweres Erdbeben weite Teile.

Bursa – Die Wiege der türkischen Seidenproduktion

Das Zentrum der türkischen Seidenverarbeitung ist jedoch nicht Konstantinopel, sondern seit Jahrhunderten Bursa. Diese Stadt liegt in Westanatolien nahe dem Marmarameer. Laut historischer Überlieferung soll Bursa 326 v. Chr. von einem König namens Zipiotes gegründet worden sein. In den folgenden Jahrhunderten wurde die Stadt von unterschiedlichen Völkern beherrscht, bis sie schließlich 71 v. Chr. an Rom fiel. Unter der Herrschaft von Kaiser Justinian wurde Bursa durch seine heißen Quellen und Thermalbäder bekannt. Dieser Kaiser soll, wie oben berichtet, das Geheimnis der Seidenherstellung angeblich durch zwei Mönche erfahren haben. Eine türkische Legende erzählt andererseits, dass der König von Khotan, nachdem ihm seine chinesische Ehefrau geholfen hatte, in seinem Reich selbstständig Seide zu produzieren, 400 ausgebildete Seidenarbeiter nach Bursa sandte. Das soll der Beginn der Seidenproduktion in der Türkei gewesen sein. Diese Legende klingt jedoch höchst unglaubwürdig, da ganz sicher ist, dass, wer erst einmal hinter das Geheimnis der Seidenherstellung gekommen war, dieses immer hütete wie einen Schatz.

Historisch belegt ist, dass Bursa zwischen 1326 und 1365 als Hauptstadt des osmanischen Reiches fungierte. Die städtischen Seidenfabriken belieferten zu dieser Zeit nicht nur den osmanischen Hof, sondern auch europäische Herrenhäuser. Im 15. Jahrhundert schließlich exportierte Bursa Seide in die ganze Welt. Im Zentrum der

Stadt errichtete man 1491 den Koza Han, einen riesigen Seidenbasar. Hier konnte man von einem großen Innenhof aus unzählige kleine Geschäfte betreten, in denen mit Seide gehandelt wurde. Der Koza Han besteht auch heute noch und zieht insbesondere Touristen an, welche die verschiedensten Artikel aus reiner Seide betrachten und erwerben können. Da der Seidenhandel auch weiterhin floriert, treffen sich in Bursa alljährlich im Frühjahr die Seidenhändler zum Kokonmarkt.

7. Die Mongolen

Anfang des 13. Jahrhunderts erhob sich eine Macht, die binnen weniger Jahre ein riesiges Reich aufbaute, das vom Chinesischen Meer im Osten bis an die Ostgrenze Europas reichte: Es waren die Mongolen, ein Reitervolk, das aus dem Gebiet des Baikal-Sees kam. Im Jahre 1206 versammelten sich alle mongolischen Stammesfürsten in ihrer Hauptstadt Karakorum, um dort Temedschin zum Großkhan aller Mongolen zu wählen. Ihr neuer Anführer, der spätere Dschingis Khan (reg. 1206-1227), wurde Herrscher über ein Reich, von dem er behauptete, die Sonne ginge darin nicht unter. Seinen Namen, der „universaler, ozeanischer Herrscher" bedeutet, erhielt er, nachdem er alle rivalisierenden mongolischen Stämme unterworfen und die ihm wohlgesonnenen geeint hatte. Bei seinen Feldzügen zeigte sich der Khan unvorstellbar grausam, sein Heer verwüstete ganze Landstriche und legte blühende Städte in Schutt und Asche. Der Legende nach soll bei der afghanischen Stadt Herat Folgendes geschehen sein:

Das Mongolenheer belagerte die Stadt Herat. Es wurden Verhandlungen geführt und die Mongolen versprachen, die Belagerung aufzuheben, wenn man ihnen eintausend Katzen und zehntausend Schwalben herausschicken würde. In ihrer Not gingen die Eingeschlossenen auf diese Forderungen ein. Doch kaum hatten die Feinde die Tiere erhalten, banden sie ihnen leicht brennendes Material an die Schwänze beziehungsweise Flügel und ließen sie anschließend frei. Die heimfliehenden Tiere setzten die Stadt in Brand.

Anekdoten oder Legenden in Zusammenhang mit Seide wurden bei den Mongolen nicht gefunden, aber es ist überliefert, dass sich das Reitervolk in Seide kleidete. Die mongolischen Kämpfer trugen Gewänder aus roher Seide. Diese Seide war robust, da bei der Herstellung dünne und dicke Fäden zusammen verwoben wurden, um dem Material eine raue Oberfläche zu geben. Es wird berichtet, die Seide konnte das Leben eines Soldaten retten, wenn er von einem Pfeil getroffen wurde. Sobald die Pfeilspitze den Körper traf, wickelte sich die Seide um diese und der Stoff blieb dabei sogar intakt. Mit Hilfe des Tuchs konnte man den Pfeil leicht wieder entfernen, auch hatte die Seide verhindert, dass das Gift, mit dem die Spitze bemalt war, in die Blutbahn drang.

8. Pioniere auf dem Weg nach Osten

Zu Zeiten des starken Mongolenreiches wuchs das europäische Interesse an Zentralasien und China. Sowohl König Ludwig IX., als auch Papst Innozens IV., der seit 1243 den Heiligen Stuhl innehatte, wollten das Informationsdefizit beheben. Sie schickten deshalb Gesandtschaften aus, die sich über Militär, Religion und die Absichten der Mongolen informieren und gegebenenfalls auch das Christentum verkünden sollten. Durch ihre Berichte, selbst wenn die Seide nicht explizit erwähnt wurde, schärfte sich das verschwommene Bild, das die Europäer bisher von China und der Seidenstraße hatten.

Marco Polo, ein Kaufmann aus Venedig

Der berühmteste Europäer, der im späten 13. Jahrhundert den abenteuerlichen Weg nach Osten beschritt, ist Marco Polo. Zusammen mit seinem Vater Nicolo und seinem Onkel Maffeo reiste der erst 17 Jahre alte Marco von Italien bis nach China, und er erlebte vieles, was damals unglaublich erschien. Im Jahre 1271 begann die Reise ins Ungewisse. Die venezianischen Händler wollten neue Handelsmärkte erschließen und ihr Endziel war das reiche und mächtige mongolische Reich unter der Herrschaft von Kublai Khan. Kublai Khan, der Enkel Dschingis Khans, unterwarf 1279 das Südliche Song-Reich, und damit stand ganz China unter der Herrschaft der Mongolen, ebenso wie die Seidenstraße von Peking bis zum Mittelmeer. Kublai Khan ernannte sich zum Kaiser der Yuan Dynastie. Vater und Onkel Polo waren bereits auf einer früheren Reise im Jahre 1266 in Sheng-du am Hofe Kublai

Khans gewesen und dort freundschaftlich empfangen worden, war dieser Herrscher doch sehr begierig darauf, alles über die westlichen Länder und Venedig zu erfahren. Im Laufe der Unterredungen bekam der Khan den Eindruck, dass der Papst, als Oberhaupt der römisch-katholischen Kirche, der mächtigste Herrscher Europas sei. Kublai Khan beauftragte deshalb die Venezianer, dem Papst einen Brief zu übergeben und ihn zu bitten, 100 Priester nach China mitzusenden, damit diese die christliche Lehre verkünden würden. Gleichzeitig verlangte er heiliges Öl aus Jerusalem, dem man magische Kräfte zusprach. Damit die Polos sicher nach Hause zurückkehren konnten, hatte der Khan ihnen goldene Tafeln mit einem kaiserlichen Symbol mitgegeben, deren Vorzeigen ihnen den Weg ebnete.

Für den jungen Marco aber war es die erste große Reise nach Osten. Die Polos nahmen zuerst ein Schiff von Venedig aus und landeten in Acre, einem geschäftigen Hafen am östlichen Ufer des Mittelmeeres. Da ihnen die im Hafen liegenden Schiffe zu unsicher erschienen, ging es weiter mit Pferden, Kamelen und manchmal auch zu Fuß durch Syrien, Mesopotamien, Iran und die Wüsten Zentralasiens. In der Wüste Gobi soll Marco Polo folgendes Erlebnis gehabt haben:

Durch die gefürchtete Wüste

In der letzten Karawanserei vor der großen Wüste saß ein alter Mann am Nebentisch, der warnte: „Um diese Wüste zu durchqueren, braucht es fast ein Jahr, findet man jedoch die engste Stelle, so ist es immer noch mindestens ein Monat. Das Schlimmste dabei ist nicht der Durst, sondern es sind die Dämonen." Als Marco das hörte, wurde ihm angst und bange.

Die Polos entschieden sich, während der Nacht zu reisen, da die Hitze des Tages unerträglich wurde. Eines Nachts lullte das Geschaukel seines Kamels Marco ein und er fiel hinter der Karawane zurück. Als er plötzlich mit einem Ruck erwachte, befand er sich allein in der pechschwarzen Nacht. Unheimliche Stimmen umschwirrten ihn und drangen in sein Ohr. Er erschauderte vor Furcht und schrie laut um Hilfe. Als er eine Berührung an seiner Schulter spürte, glaubte er, der Teufel leibhaftig habe ihn erwischt, und klammerte sich an die Mähne seines Kamels. Es war aber zum Glück nur sein Vater, der ihn suchte, da er kein Licht mehr gesehen und das Glöckchenläuten des Kamels vermisst hatte.

Am nächsten Morgen hatte Marco nicht viel Zeit, sich für seine Angst zu schämen, denn in der Ferne tauchten Reiter auf. Das mussten die gefürchteten Banditen sein, welche die Karawanen überfielen und ausraubten. Die Wüstenführer, die schon bezahlt waren, machten sich schnellstens auf und davon, und so rückten die Polos mit ihren Kamelen eng zusammen und warteten auf den Überfall. Sobald die Gruppe näher kam, konnten sie aber erkennen, dass die auf kleinen Ponys reitenden Männer alle in kostbare Seidengewänder gekleidet waren. Sie schwangen bunte, seidene Banner und grüßten freundlich. „Hallo", rief der Führer, „wir halten Ausschau nach den Freunden des Khans, die aus Venedig kommen sollen. Haben wir sie gefunden?"

Kublai Khan ließ die Grenzen seines Reiches streng bewachen, und obwohl es vier Jahre dauerte, bis Nicolo und Maffeo Polo aus Venedig zurückkehrten, hatte er die Hoffnung, die Händler wiederzusehen, nie aufgegeben.

Der Khan fand Gefallen an dem jungen Marco Polo und ernannte ihn zum Gesandten am kaiserlichen Hof. Siebzehn Jahre blieben die Polos in China, denn der mächtige Herrscher wollte seine Freunde, denen er vertrauen konnte, nicht missen und verweigerte ihnen immer wieder die Rückkehr. An Flucht war nicht zu denken, da die Grenzen bewacht und überall Spione postiert waren. Schließlich ergab sich doch eine Gelegenheit, das Land offiziell zu verlassen: Im Jahre 1287 verstarb Königin Bolgana, die mongolische Ehefrau von Arghun, dem Khan von Persien. Auf ihrem Totenbett äußerte sie eine Bitte, die den Polos zur Erlaubnis der Heimreise verhalf.

Geleitschutz für eine Prinzessin

Als Königin Bolganas Leben zu Ende ging, wünschte sie auf ihrem Totenbett, dass ihr Ehemann, Khan Arghun, wieder eine mongolische Prinzessin heiraten solle. Der Herrscher folgte der Bitte und sandte drei Boten zu Kublai Khan. Unter all den jungen Prinzessinnen wählte Kublai die siebzehn Jahre alte Prinzessin Kokachin aus. Nun stellte sich aber die Frage, wie die junge Frau sicher nach Persien gelangen könnte. Das war die Chance für die Familie Polo. Marco war gerade von einer Schiffsreise nach Indien zurückgekehrt und erklärte Kublai Khan, dass eine Seereise für die Prinzessin am sichersten sei, und da er die Schiffsrouten kenne, er der geeignete Begleiter. Die Boten aus Persien waren noch niemals zuvor mit dem Schiff gereist und unterstützten natürlich Marco in seinem Vorhaben. Auch wenn es dem Khan schwer fiel, so stimmte er dem Vorschlag zu und sprach: „Marco, ich erlaube dir, deinem Vater und deinem Onkel, die Prinzessin Kokachin nach Persien zu begleiten und dann weiter nach Venedig zu reisen. Lebt wohl meine Freunde!"

Im Jahre 1295, nach mehr als 20 Jahren Abwesenheit, waren die Polos endlich wieder zu Hause. Die Familie ließ sich in Venedig nieder und die zurückgekehrten Weltreisenden waren die Sensation in der Stadt. Stets versammelte sich eine Menge Zuhörer um sie, welche die wundersamen Geschichten nicht glauben konnten.

Il Milione

Da Marco die Venezianer mit Worten nicht überzeugen konnte, lud er eines Abends eine große Anzahl wichtiger Leute zu einem Essen in sein Haus ein. Vater Nicolo, Onkel Maffeo und er selbst kleideten sich wie einfache chinesische Bauern. Kurz bevor das Essen aufgetragen wurde, öffneten die drei Männer ihre Taschen und heraus rollten hunderte Rubine und andere Edelsteine, welche die Polos in Asien erhalten hatten. Die Gäste waren höchst beeindruckt, sie glaubten aber dennoch nichts von den Erzählungen. Wer unter ihnen konnte sich schon die Pracht eines chinesischen Palastes vorstellen, Städte größer als alle in Europa, Geld, das aus Papier hergestellt war, oder ein goldenes Reisedokument? Wo war der Reichtum, wo waren die Millionen geblieben? Nichts als eine Million Lügen! Marco bekam einen Spitznamen. Wohin er auch kam hieß es: Il Milione!!!

Marcos unruhiger Geist veranlasste ihn, sich zur Seeschlacht von Curzola, einem Gefecht zwischen Venedig und Genua, freiwillig zu melden. Während der Kriegshandlungen wurde er gefangen genommen und eingesperrt. Im Gefängnis teilte er die Zelle mit einem Schreiber aus Pisa, einem Mann namens Rusticiano. Marco ließ sich seine Reiseaufzeichnungen bringen und nutzte die Zeit, indem er dem Schreiberling seine Erlebnisse diktierte. Das Buch *Die Reisen des Marco Polo* wurde eine Sensation in Europa, denn es erzählte von Dingen und Begebenheiten, die unvorstellbar waren. Die ersten Kopien waren alle handgeschrieben und werden wohl den ursprünglichen Text nicht unbedingt wortgetreu wiedergegeben haben. Im Jahre 1477 erschien die erste gedruckte deutsche Ausgabe und 1929 gab es 76 Editionen in Übersetzungen.

Soweit bekannt hat sich Marco Polo nicht zu der Seidenproduktion geäußert, und da er auch die große Mauer, die gebundenen Füße und die Teezeremonie nicht erwähnt hat, zweifeln viele Wissenschaftler daran, ob er auch wirklich China bereist hat. Für die meisten Menschen ist und bleibt Marco Polo jedoch der Venezianer, der Kaiser Kublai Khan in China besuchte und zu dessen Vertrautem wurde.

Ibn Battuta, der Muslim

Knapp einhundert Jahre nach Marco Polo machte sich ein anderer Mann aus dem Westen auf den Weg nach Osten. Es war Ibn Battuta (1304-1368), den man später als den „Marco Polo der Araber" bezeichnete. Ibn Battuta wurde im Jahre 1304 als Sohn eines wohlhabenden Mannes in der nordafrikanischen Hafenstadt Tanger geboren. Sein Vater ließ ihn in strengem muslimischem Glauben erziehen und die Rechte studieren. Mit 21 Jahren begab sich Ibn Battuta, so wie es sich für jeden gläubigen Muslim gehörte, auf eine Pilgerreise nach Mekka. Es sollte eine 27 Jahre dauernde Reise werden, auf der er, je nach Situation, Pilger, Abenteurer, Diplomat, Richter, Gelehrter, Kaufmann oder nur Beobachter war. Seine Aufzeichnungen vermittelten der Nachwelt den eindrucksvollen Versuch einer Gesamtschau der Welt des Mittelalters unter Berücksichtigung der islamischen Völker. Ibn Battuta bereiste nicht nur die Ostküste Afrikas, sondern sein Weg führte ihn auch quer durch Asien. Er verbrachte sieben Jahre in Indien und wurde als Botschafter nach China geschickt. Über die chinesische Seide ist in seinen Aufzeichnungen nur wenig zu finden, und dieses Wenige zeigt, dass er die Bedeutung der Seide und der Seidenstraße unterschätzte.

Seide gibt es in Massen; denn die Würmer, die sie hervorbringen, halten sich an bestimmte Früchte, ernähren sich von ihnen und brauchen keine besondere Pflege. Deshalb gibt es ungewöhnlich viel Seide, mit der sich auch die Armen und Notleidenden kleiden. Gäbe es keine Kaufleute, so hätte die Seide nicht den geringsten Wert. So wird in China ein einziges Baumwollkleid für viele Seidenstoffe verkauft.

Ibn Battuta besuchte auch die Stadt Balkh (heute im östlichen Iran). Balkh gilt als Wiege der iranischen Zivilisation. In der Antike unter dem Namen Baktra bekannt, war sie die Hauptstadt des legendären Baktriens. Hier lebte und wirkte der Prophet Zarathustra, der Begründer des Zoroastrismus. In Baktra traf die Seidenstraße auf eine andere Handelsroute, die aus Nordwesten kommend dem Lauf des Oxus folgend zum Kaspischen Meer führte und in südöstlicher

Richtung über den Khyber-Pass nach Vorderindien. In Balkh hörte Ibn Battuta die Geschichte einer wunderbaren Frau:

Die Moschee von Balkh

Einst lebte in Balkh ein Gouverneur namens Daud Ibn Ali, der für den Kalifen die Stadt verwaltete. Eines Tages erfasste den Kalifen großer Zorn über einige Widerstände unter der Bevölkerung, sodass er einen Bevollmächtigten entsandte, der das Volk strafen und von ihm höhere Abgaben eintreiben sollte. Die Einwohner von Balkh wussten nicht, wie sie das schaffen sollten, hatten sie doch kaum genug zum Überleben. Da erinnerten sich die Frauen der Stadt an die großherzige Gattin des Gouverneurs. Sie nahmen ihre Kinder bei der Hand und wanderten zum Palast. Als sie der Dame ihr Unglück schilderten, wusste sie Rat. Sie nahm ihr kostbarstes Seidenkleid, das mit Gold und Edelsteinen bestickt war und einen höheren Wert als die Steuern hatte, und schickte es zum Emir mit folgender Nachricht: „Bring dieses Kleid zum Kalifen. Ich gebe es anstatt der Steuer für das Volk von Balkh, das so arm ist."

Der Emir reiste daraufhin zum Kalifen, legte ihm das Kleidungsstück vor und erzählte die Geschichte. Da erfasste den Herrscher der Gläubigen große Scham und er rief aus: „Soll denn eine Frau großherziger sein als wir?" Er befahl, jegliche Strafe für die Bewohner des Gebietes sofort einzustellen und keine Abgaben zu verlangen.

Nun reiste der Emir nach Balkh zurück, begab sich zur Frau des Gouverneurs und berichtete ihr, was der Kalif gesagt und angeordnet hatte, indem er das Gewand zurückgab. Da fragte sie ihn: „Lagen die Augen des Kalifen auf diesem Kleid?" Als er das bejahte, beschloss sie: „Gut, so werde ich das Gewand nicht mehr tragen, da auf ihm das Auge eines Mannes ruhte, der nicht mit mir verwandt ist. Sorge dafür, dass das Kleid verkauft wird und das Geld den Bürgern der Stadt zugute kommt."

Und so geschah es. Mit dem Erlös baute man eine Moschee, ein Hospiz und eine Unterkunft für Gläubige. Als diese Gebäude errichtet waren, stellte man fest, dass noch ein Drittel des Vermögens übrig war. Die Frau ordnete an, diese Summe unter einer der Säulen in der Moschee zu vergraben und erst dann ans Tageslicht zu holen, wenn das Gold dringend gebraucht würde.

Von dieser Geschichte hörte auch Dschingis Khan, der daraufhin befahl, alle Säulen niederzureißen, um an den Schatz zu gelangen. Als ein Drittel zerstört war und man nichts gefunden hatte, ließ er den Rest stehen.

Die Tartaren waren ein türkisch-mongolisches Reitervolk unter der Herrschaft eines Khans. Ihre Städte wurden nur während der Wintermonate von den Khanen bewohnt, da diese sich, den alten nomadischen Traditionen entsprechend, im Sommer mit ihren Pferdeherden in den weiten Steppengebieten aufhielten. In dieser Zeit wurden die Herrscher von den von ihnen bevollmächtigten Stadthaltern vertreten. In der deutschen Literatur des 20. Jahrhunderts (Thomas Regau) fand sich eine romantische Geschichte, die von Seide, von Tartaren und einer großen Liebe erzählt. Sie ist zeitlich in der Nördlichen Song-Dynastie (960-1126) angesiedelt und spielt in den westlichen Teilen des chinesischen Reiches, die oft von Tartarenvölkern überrannt und besetzt wurden. Die Hauptfigur ist

Ching-Lü, ein junger Chinese, der das Geheimnis kennt, die schönste Seide herzustellen.

Ching-Lüs Seide

<*So war die weiße Seide Ching-Lüs: Wie der zarte Flügelstaub des Apollofalters war sie und doch straff und in sich selber gefestigt wie das Zelttuch alter Nomaden, schwer schien sie von den Schultern zu wallen wie alter Königsbrokat und wog in den Händen nicht mehr als gefiederter Samen. Matt war sie wie altes Zinn in der Dämmerstunde und sprühte im wendenden Lichte doch Funken wie das Metall am Helm der Pagoden. Wie eine Hochzeit der Elemente geschah es, dass sich Glut und Kühle, Sanftheit und Wildes in ihr vereinten, lichtloses Weiß, in dem sich der Reigen der Farben verschmilzt.>*

Zwei Ballen dieser kostbaren Seide, eines Jahres Ertrag, musste Ching-Lü nach verlorenem Krieg dem Statthalter der Tataren abliefern. Bevor er sich endgültig auf den Weg machte, traf er sich am Ufer des Flusses mit seiner Liebsten May-ta-Lin, um Abschied zu nehmen. Da konnte die Schöne sich nicht zurückhalten und entnahm einem der Ballen ein Tuch der kostbaren Seide, schlang es um ihren nackten Körper und tanzte. Als der wilde Tanz endete, erklang plötzlich die Stimme des Statthalters, der die beiden beobachtet hatte: „Tanz weiter, May-ta-Lin!" Das Mädchen tanzte mit dem seidenen Schleier und ließ es dann geschehen, dass der Tatar sie auf sein Pferd nahm und zur Stadt ritt. Ching-Lü folgte mit seinem Tragtier zu Fuß.

Die Tataren wollten hinter Ching-Lüs Geheimnis der Seidenherstellung kommen und versuchten es ihm mit allen möglichen Mitteln zu entlocken. Schließlich sandten sie ihm eine junge hübsche Tatarin, die ihn verführen sollte. Diese verhalf ihm jedoch zur Flucht, und er fristete fortan sein Leben als Porzellanhersteller. Eines Tages besuchte May-ta-Lin, nun erste und einzige Gemahlin des Statthalters, den Markt und erkannte an Händen und Gesicht ihren früheren Liebsten. Da sie erschrocken seinen Namen rief, war er entdeckt und wurde wieder gefangen genommen. Nun wurde er am Hofe wie ein Freund behandelt, und man bot ihm an, was er immer er sich wünschte, wenn er nur das Geheimnis seiner Seidenherstellung preisgäbe. Ching-Lü hatte nur einen einzigen Wunsch: May-ta-Lin sollte tanzen wie damals am Fluss. Der Statthalter konnte sein Wort nicht brechen und ließ seine Gemahlin nackt vor allen Leuten tanzen, dann wurde sie in Gewahrsam genommen. Ching-Lü verriet sein Geheimnis nicht, und seinem letzten Wunsch, in einem weißen, seidenen Sarong gehängt zu werden, wurde entsprochen.

9. Der Seeweg der Seide
oder
Die Maritime Seidenstraße

Nachdem das Mongolenreich im Jahre 1368 mit dem Untergang der Yuan-Dynastie zusammengefallen war, herrschten wieder Kriege und Chaos entlang der Seidenstraße. Das Reisen wurde ständig gefährlicher, da man allerorts mit umherziehenden Armeen, Banditen und unberechenbaren Regierungen rechnen musste. Jedes kleine Königreich verlangte von den Kaufleuten Steuern, und so wurden die Waren von einem Händler zum nächsten teurer. Der Bedarf an Seide blieb jedoch ungeschmälert. Es ist daher nicht verwunderlich, dass man auf einen anderen Weg auswich: den Seeweg, zumal die Entwicklung im Schiffsbau große Fortschritte gemacht hatte.

Ibn Battuta, der schon erwähnte Reisende aus Nordafrika, berichtete von seiner Seereise nach China. Während er in Calicut, zu jener Zeit ein mächtiger Stadtstaat in Kerala an der Westküste von Indien, drei Monate auf die Abreise wartete, studierte er die im Hafen liegenden chinesischen Schiffe auf das Genaueste. Er beschrieb sie folgendermaßen:

Vor der Abreise unterrichtete ich mich über die Arten der chinesischen Schiffe. Die großen heißen Junk, die mittleren Zau und die kleinen werden Kakam genannt. Die Junken haben drei bis zwölf Segel, die aus Bambusrohren bestehen und wie Matten geflochten sind. Sie werden nie herabgelassen und nur in die Richtung gedreht, aus welcher der Wind kommt. Werden die Schiffe verankert, so lässt

man die Segel im Wind stehen. Auf jedem dieser großen Schiffe dienen rund tausend Mann, von denen sechshundert Matrosen und vierhundert Soldaten sind. Unter ihnen gibt es Bogenschützen, Schildträger und Armbrustschützen, die vor allem Naphtageschosse schleudern. Zu einem großen Schiff gehören drei andere Schiffe, die sogenannten Halb-, Drittel- und Viertelschiffe. [...]
Dem Schiff setzt man vier Verdecke auf; jedes enthält Zimmer, Kabinen und offene Salons für die Kaufleute. Es gibt Kabinen, die Zimmer und Aborte enthalten. Ihr Inhaber kann sie auch abschließen. Es ist üblich, seine Frauen und Sklavinnen mit sich zu nehmen. Die Matrosen lassen in den Kabinen ihre Kinder wohnen; sie säen Grünzeug, Gemüse und Ingwer in Holzkübeln an. Der Besitzer oder Kapitän des Schiffes gleicht einem bedeutenden Emir.

Ein weiteres Beispiel für die Anwesenheit fernöstlicher Seefahrer in Kerala/Indien sind die chinesischen Fischernetze, die heute noch als Wahrzeichen von Port Kochin gelten. Es handelt sich hierbei um imposante, schwere Holzkonstruktionen, zwischen denen Auslegernetze gespannt sind. Man erzählt, dass das Wissen um solcherart Fischen schon im 13. Jahrhundert durch chinesische Kaufleute vom Hofe Kublai Khans nach Kochin gebracht wurde.

Historische Dokumente belegen Expeditionen, die chinesische Seefahrer Anfang des 15. Jahrhunderts sogar bis an die afrikanische Ostküste unternommen haben. Der berühmteste Admiral jener Zeit war Zheng He, ein Eunuch.

Zheng Hes Geschichte

Im Jahre 1371, kurz nach Beginn der Ming-Dynastie, wurde in einem Dorf in Yunnan in einer muslimischen Familie ein Junge geboren. Den Kleinen bedachte man mit vielen Segenswünschen und taufte ihn auf den Namen „He", was so viel wie „Friede" bedeutet. Es war ein symbolträchtiger Name, denn in dieser Gegend gab es immer noch mongolische Rebellen, die der früheren Yuan-Dynastie anhingen, und deswegen herrschte Chaos. Als der junge He heranwuchs, bemerkte er, dass man seinen Vater mit „Haji" anredete, und er erfuhr, dass dies ein Ehrentitel für Muslime ist, die ins Heilige Land gereist waren. Der ehrgeizige He beschloss, diesen Namen auch einmal zu tragen, und fortan studierte er eifrig den Koran, befolgte die Gesetze und lernte Arabisch.

Da schickte im Jahre 1381 der Kaiser Zhu Yuanzhang eine 10.000 Mann starke Armee nach Yunnan, um die letzen mongolischen Rebellen zu unterwerfen. Hes Vater fiel in den Gefechten und der nun zehnjährige He wurde gefangen genommen. Die Ming Soldaten hatten die schreckliche Angewohnheit, alle gefangenen Knaben zu kastrieren, und auch He blieb dieses Schicksal nicht erspart. Zuerst war er trostlos und wollte sterben, aber dann erinnerte er sich, dass sein Vater ihm von dem großen Geschichtsschreiber Sima Qian erzählt hatte, dem einst das gleiche Schicksal widerfahren war. Da beschloss He, so viel wie möglich zu lernen und später die Welt zu erkunden. He wurde in den kaiserlichen Palast gebracht und dem Prinzen Zhu Di als Diener zugewiesen. Zwischen beiden entwickelte sich eine tiefe Freundschaft, die ein Leben lang halten sollte.

Im Jahre 1403, ein Jahr nachdem er den Kaiserthron bestiegen hatte, ordnete Zhu Di, nun Yongle Kaiser genannt, an, in mehreren Städten die Werften auszubauen. Er ließ eine Flotte von über 1600 Schiffen aufstellen, mit der man die Meere erkunden konnte. Zheng He, zum Zeitpunkt der ersten Reise 35 Jahre alt, wurde von ihm als erster Eunuch in der chinesischen Geschichte zum Admiral und Oberbefehlshaber aller Schiffe ernannt.

Die erste Reise begann im Jahre 1405, und Zheng Hes Flotte bestand aus 317 Schiffen verschiedener Bauart und einer Besatzung von 26.800 Mann. 62 dieser Schiffe waren riesige Dschunken, die sogenannten „Schatzschiffe", auf denen unter anderem auch Seide transportiert wurde. Schiffe dieser Art wird Ibn Battuta in Kalkutta bewundert haben.

In der kurzen Zeitspanne von 1405 bis 1433 hat Zheng He sieben Reisen unternommen, sie führten durch das Chinesische Meer und den Indischen Ozean, von Taiwan zu den Gewürzinseln Indonesiens, zum Persischen Golf und an die Küste Afrikas. Chinas Einfluss und seine politische Macht schienen unbegrenzt. Jedoch nach der letzten Reise der Schatzschiffe verbot der zu dieser Zeit herrschende Kaiser, ein Enkel Yongles, alle weiteren Fahrten, ließ die Werften schließen und Kaufmänner und Seeleute, die zuwider handelten, mit dem Tode bestrafen. Chinas Zeit größter Expansion folgte eine kompletter Isolation, und damit war auch der Seidenhandel für Jahrzehnte unterbrochen.

Chinesisches Handelsschiff zu Zeiten Zheng Hes

1498 entdeckte Vasco da Gama den Seeweg von Europa nach Asien um das Kap der Guten Hoffnung, und im Jahre 1517 landete erstmals ein portugiesisches Schiff in Guangzhou (Kanton) China. Von nun an transportierte man die Waren fast ausschließlich auf dem sicheren und billigeren Seeweg und die Seidenstraße büßte immer mehr an Bedeutung ein. Die an der Straße liegenden Städte verloren ihre Einkünfte und wurden oft von den Einwohnern verlassen. Der später einsetzende russisch-chinesische Überlandhandel – unter anderem mit Seide und Tee – verlief weiter nördlich über die Mongolei und Sibirien auf der sogenannten „Teestraße".

10. Die Seidenproduktion in Europa

Von Sizilien aus durch Italien

Ein großer Konkurrent Chinas bei der Seidenproduktion war das islamische Persien geworden, und fast alle Seide, die in Mitteleuropa verbraucht wurde, stammte von hier. Zur Zeit der Kreuzzüge (1096-1272) gelang es den Europäern, mehrere Hafenstädte im östlichen Mittelmeer zu besetzen und dadurch Frachtschiffe aus China abzufangen. Diese hatten gewöhnlich große Mengen an Seide geladen, die nach Italien verschifft werden konnte, ohne dass vorher Steuern bezahlt werden mussten. Dennoch war der finanzielle Aufwand groß, und so suchte man nach Wegen, die Seide eigenständig zu produzieren.

Während des zweiten Kreuzzuges besetzte Roger von Sizilien im Jahre 1164 die Städte Theben, Korinth und Athen. Unter den Gefangenen ließ er alle Seidenspinner und Weber aussuchen und nach Sizilien transportieren. Dort mussten sie eine Seidenproduktion aufbauen, und es dauerte nicht lange, bis es mehrere Standorte gab und die Sizilianer Seide bester Qualität herstellen konnten.

Ungefähr zu der Zeit als Marco Polo nach Venedig zurückkehrte (Ende des 13. Jahrhunderts) wurde die italienische Seidenkultur von Sizilien nach Lucca gebracht und verbreitete sich von dort aus auf der ganzen Halbinsel. Die Italiener produzierten nun zwar selbst Seide, jedoch nur in geringem Umfang. Das änderte sich im Jahre 1441, als die Stadt Florenz beschloss, dass jeder Bauer zwischen 5 und 50 Maulbeerbäume pro Hektar Land anpflanzen müsse. Andere Städte folgten dem Beispiel, und von 1465 bis 1474 wurden in Norditalien

Zehntausende Maulbeerbäume gepflanzt. Nun übernahmen die geschäftstüchtigen Kaufleute aus Lucca, Genua und Florenz auch den Handel mit Seide, denn immer noch stieg die Nachfrage nach dem Luxusartikel in ganz Europa.

Die Seidenproduktion in Frankreich

Auch in Frankreich benötigten Hof, Adel und Kirche ungeheure Mengen von Seide, und vom 14. Jahrhundert an war es die ständige Sorge der französischen Regierung, dass zu viel Gold für die Stoffe ausgegeben wurde, die italienische Händler auf den großen Märkten von Lyon und Champagne verkauften. Lyon war damals ein wichtiger Markt, und die Italiener spielten schon mit dem Gedanken, sich dort niederzulassen. Da verfügte im Jahre 1466 König Ludwig XI., dass die Stadt Lyon selbst Werkstätten einzurichten habe, um eigene Seide herzustellen. Die Versorgung mit dem Seidenfaden war gesichert, da die Päpste von Avignon den weißen Maulbeerbaum und die Seidenraupenzucht schon eingeführt hatten.

Die Lyoner Seidenindustrie wurde von zwei Italienern, die aus dem Piemont stammten, gegründet. Etienne Turquet und Barthélemy Nariz erhielten von König Franz I. die erforderlichen Patente und durften Fachkräfte mit ihren Familien von Genua nach Lyon bringen. Unter der Bedingung, dass sie nicht in ihre Heimat zurückkehren würden, stellte man diesen Leuten eine Unterkunft zur Verfügung und befreite sie von allen Steuern. Die Spinnerei und Weberei erlebten einen raschen Aufschwung, und bald war man in der Lage, den Inlandsbedarf zu decken. Dazu mussten aber mehr Maulbeerbäume angepflanzt werden, und es dauerte nicht lange, da bedeckten ganze Plantagen die

Regionen Beaujolais und Languedoc sowie die Umgebung von Lyon. Nun brauchte man ständigen Nachschub an Arbeitskräften. Das führte dazu, dass alle Waisenkinder von Lyon als Lehrlinge in die „Fabrique de Lyon" geschickt wurden. Die Seidenproduktion erfolgte nach folgender Arbeitsaufteilung: Die Kinder verrichteten Hilfsarbeiten, die Frauen haspelten die Fäden von den Kokons, verdrillten sie und spulten sie auf und die Männer webten schließlich die glänzenden Stoffe. Im Jahre 1530 wurde das Seidenproduktionsmonopol für Lyon per Dekret festgesetzt. Fortan ließen die Adligen die für ihre Kleidung benötigte Seide nur noch in dieser Stadt herstellen, und so entwickelte sich Frankreich im Laufe der Zeit vom Seideimporteur zum Seidenexporteur.

Die Beschäftigten im Seidenwebergewerbe, „Canuts" genannt, litten jedoch unter harten Lebens- und Arbeitsbedingungen und schließlich wehrten sie sich gegen die Ausbeutung. Am 21. November 1830 legten in Lyon Tausende Seidenweber ihre Arbeit nieder und vollführten damit den ersten offiziellen Streik. Noch heute ist das Lied der Canuts bekannt:

Um Veni Creator zu singen, um zu regieren, braucht man
einen goldenen Umhang, Mantel oder Ordensbänder.
Wir weben, wir weben
für Euch, die Großen der Kirche,
für Euch, die Mächtigen der Erde.
Und wir, die armen Canuts, haben nicht mal ein Hemd,
ohne Tuch verscharrt man uns.
Das sind wir, die Canuts, das sind wir, die Canuts,
wir sind vollkommen nackt, wir gehen ganz nackt.

> *Aber unsere Herrschaft wird kommen,*
> *wenn Eure Herrschaft zu Ende geht.*
> *Wir werden es weben, das Leichentuch der alten Welt,*
> *denn man hört schon das Rumoren der Revolte.*
> *Das sind wir, die Canuts, wir werden nicht mehr nackt gehen!*
>
> *(Aristide Bruant)*
>
> (Übersetzung der Autorin)

Auch bei Victor Hugo, dessen 1856 erschienene Gedichtsammlung *Les Contemplations* einen hohen Anteil politisch und sozial engagierter Texte enthält, findet man ein Lied über das harte Leben der Seidenarbeiterinnen. Dieses Lied kann man zuweilen in den Seidenmuseen des Departements Ardèche im Süden Frankreichs hören:

> *Man sieht all diese Kinder*
> *von denen nicht eines lacht*
> *sie arbeiten 16 Stunden*
> *vom Morgen bis in die Nacht*
> *machen dieselbe Bewegung ihr Leben lang*
> *in demselben Gefängnis*
>
> (Übersetzung der Autorin)

Die Ardèche war ab 1720 das Hauptzentrum der Produktion von Rohseide. Schwerwiegende Probleme traten jedoch auf, als sich in den Jahren 1850-1853 eine Epidemie ausbreitete, die sogenannte „pébrine" – oder Fleckkrankheit der Seidenraupen. Da kamen die Seidenzüchter auf den Gedanken, die Eier der Seidenspinner aus dem Ausland zu beschaffen. Besonders die Eier des japanischen Seidenspinners waren noch gesund, und so mussten sie von dort besorgt werden. Alessandro Baricco (italienischer Schriftsteller *1958) webt in dieses Geschehen eine Liebesgeschichte, so zart wie Seide.

Hervé Joncour, der im Süden Frankreichs in dem Städtchen Lavilledieu lebt, handelt mit Seidenraupeneiern. Um Schäden durch Seuchen zu vermeiden, die plötzlich vermehrt auftreten, reist er übers Mittelmeer nach Ägypten und Syrien und erwirbt dort gesunde Eier. Als auch diese der Seuche anheimfallen bleibt nur noch die abenteuerliche Reise nach Japan. Zwischen 1861 und 1864 begibt er sich vier Mal in das entfernte Reich, und es gelingt ihm, gesunde Eier aus dem Land zu schmuggeln, was strengstens verboten ist. Den Seidenhändlern in Lavilledieu ist damit geholfen, und Hervé Joncour wird ein wohlhabender Mann.

(Zusammenfassung der Autorin)

Die Einfuhr gesunder Eier war jedoch nicht nur umständlich und teuer, sondern sie löste auch nicht das Problem. Da kamen die Seidenbauern auf die Idee, den Wissenschaftler Louis Pasteur im Kampf gegen die Seuche um Unterstützung zu bitten. Ihm gelang es schließlich mit Hilfe seines Mikroskops, winzige Parasiten zu entdecken, welche die Seidenraupen befielen. Die englische Schriftstellerin Pat Thomson hat in ihrem Kinderbuch "The Silkworm Mystery - The Story of Louis Pasteur" das Geschehen folgendermaßen beschrieben:

Louis Pasteur und die Seidenbauern

Louis Pasteur verbrachte den Sommer mit Ehefrau und Tochter Zizi im Süden Frankreichs, in der Nähe der Stadt Hèrault, um herauszufinden, weshalb die Seidenraupen starben. Madame Pasteur und Zizi halfen ihm bei der Arbeit. Eifrig sammelten sie Maulbeerblätter, fütterten damit die Raupen und beobachteten genau, wie diese sich entwickelten. Bald bemerkten sie, dass die weniger starken Tierchen mit winzigen schwarzen Punkten bedeckt waren. Zizi rief ihren Vater: „Schau Papa, das sieht genau aus wie Pfeffer!" „Ja, deshalb nennen es die Leute hier auch ‚pébrine', was so viel wie ‚Pfefferkrankheit' bedeutet." Pasteur nahm eine tote Raupe und zerquetsche sie, gab dann ein bisschen Wasser dazu und legte einen Tropfen des Gemischs unter sein Mikroskop. Zizi sah kleine, runde Formen – es waren Mikroben. Nun glaubten Vater und Tochter die Ursache des Problems gefunden zu haben, doch trotz äußerster Sorgfalt und Auslese starben weiterhin Raupen.

Pasteur wusste, dass er noch intensiver suchen musste, und wiederum mit Hilfe seines Mikroskops entdeckte er eines Tages, diesmal im Falter selbst, kleine schwarze Fäden. Diese Krankheit nannte man „flacherie". Sobald eine der genannten Krankheiten ausbrach, starben die Eier. Nun galt es, die Seidenbauern zu informieren. Der Bürgermeister lud in die Dorfschenke ein und eröffnete die Versammlung mit den Worten: „Unser Freund aus Paris hat euch etwas Wichtiges über seine Studien zur Seidenraupenkrankheit zu sagen." Einige der Bauern murrten: „Was versteht schon ein Städter vom Seidenbau?" Der Bürgermeister bat um Ruhe. „Wenn ihr wieder Geld mit euren Seidenraupen verdienen wollt, dann hört zu!"

Louis Pasteur erklärte, dass die Bauern niemals die Eier eines kranken Seidenspinners benutzen dürften. „Und wie finde ich heraus, ob meine Tierchen gesund oder krank sind?", rief einer. „Ihr müsst die Raupen sauber halten und am wichtigsten ist, sie mit einem Mikroskop zu untersuchen! Kranke Tiere müssen sofort vernichtet werden."

Ein Tumult brach aus, denn die Bauern waren empört: „Wir sind Landwirte und keine Wissenschaftler. Mit einem solchen Gerät können wir nicht umgehen!"

Da rief Pasteur seine Tochter. „Hier ist Zizi, sie ist erst zehn Jahre alt und wird euch zeigen, wie einfach es ist, ein Mikroskop zu handhaben!"

Die Seidenbauern ließen sich überzeugen. Von diesem Zeitpunkt an sortierte man alles aus, was befallen war, und die französische Seidenproduktion florierte wieder.

Heutzutage erinnert man in Frankreich gerne an diese Zeiten. In Lyon gibt es ein großes Seidenmuseum, das passenderweise „La Maison des Canuts" heißt. Das Museum ist einzig und allein dem Wissen dieser Weber gewidmet. Es wird von Historikern als Hüter der Techniken und Bräuche der Seidenproduktion betrachtet. Auch im Süden Frankreichs findet man in den Städten Hèrault, Le Vigan, Draguigan, Montelimar und Nîmes Museen, in denen der Vorgang und die Bedeutung der Seidenproduktion in dieser Gegend dokumentiert werden. Gleichzeitig wurden auf Grund privater Initiativen einige der alten Seidenwebereien restauriert, die während der Sommermonate für Touristen geöffnet sind.

Seidenproduktion in Deutschland

Eine zentrale Rolle in der Seidenproduktion Europas spielten die französischen Hugenotten. Als Protestanten, die der Lehre Calvins folgten, wurden sie in Frankreich im 17ten und 18ten Jahrhundert von der katholischen Kirche verfolgt und suchten eine neue Heimat in anderen europäischen Ländern.

Kurfürst Friedrich Wilhelm von Preußen (1620-1688) ließ nach dem Dreißigjährigen Krieg Hugenotten nach Preußen kommen und verfügte den großzügigen Anbau von Weißen Maulbeerbäumen, um eine Seidenproduktion zu beginnen. Seine Gattin, Kurfürstin Dorothea, schenkte im Jahre 1687 den französischen Einwanderern ein Stück Viehweide, auf dem diese ein Hospital, ein Waisenhaus und einen Friedhof errichteten. Zwischen den Gebäuden sollen prächtige Parkanlagen mit großen Maulbeerbäumen gelegen haben.

Friedrich der Große (1688-1740) wollte schließlich die Seidenproduktion intensivieren, um die Kosten des Imports weiter zu senken, denn 16.000 Taler gab die Königliche Gold- und Silbermanufaktur jährlich für das feine Gewebe aus. Als erstes musste der Verbrauch gedrosselt werden, und deshalb wurde allen Dienstmädchen bei Hofe und „gemeinen Weibleuten" verboten, Seide zu tragen. Friedrich der Große investierte rund zwei Millionen Taler in das Projekt, und im Jahre 1716 erging an alle Amtsleute, Magistrate und Geistliche die Anweisung, auf Kirchhöfen, Plätzen und Schulhöfen Maulbeerbäume zu pflanzen und Seidenraupen zu züchten. Pfarrer, Küster, Lehrer und andere Staatsbeamte waren für das Wohlergehen der Raupen verantwortlich. Auch Arbeiter und Bauern wurden aufgefordert, im Nebenerwerb Seidenraupen zu züchten.

Diejenigen, die sich dem Vorschlag widersetzten, beschimpfte er als „faule Esel". Im Jahre 1776 wurden immerhin 6000 Pfund deutsche Seide produziert.

An der Spitze der Seidenproduktion lag jedoch nicht Berlin, sondern die westliche Enklave Preußens, die Stadt Krefeld. Hier stellte man im 18. Jahrhundert Samt, Seide und Seidenbrokat her. Das Sortiment umfasste Seiden- und Samtbänder, Paramenten (Dekorationen für heilige Orte), Borten, Hals- und Taschentücher, Seidenstrümpfe sowie Tuchwaren, und all dies in exklusiven und erlesenen Qualitäten. Kaiser, Könige und nicht zuletzt der Klerus kleideten sich in prunkvolle Gewänder aus dem kostbaren Material aus Krefeld. Von großer Bedeutung für die industrielle Entwicklung der Stadt war die Niederlassung des Mennoniten Adolf von der Leyen, der Stammvater einer ganzen Dynastie von Seidenfabrikanten wurde.

Kaiser Friedrich II. besuchte Krefeld zweimal 1751 und 1753. Im Jahre 1751 weilte er hier als Gast bei der Familie von der Leyen. Die Seidenmanufaktur der Gebrüder von der Leyen war zu diesem Zeitpunkt die größte in ganz Preußen, und der König schätzte deren wirtschaftliche Bedeutung und den Rat der Unternehmer. Er verlieh deshalb 1755 Johann und Friedrich von der Leyen für ihren beratenden Dienst den Titel „Königlicher Kommerzienrat". Der zweite Besuch fand nach dem Siebenjährigen Krieg im Jahre 1763 statt. Diesmal weilte der König zwei Tage in der Stadt und besuchte während dieses Aufenthaltes nicht nur das Schlachtfeld, sondern auch eine Bandfabrik. Hier zeigte er sich äußerst interessiert an dem Herstellungsprozess und setzte sich laut Überlieferung höchst persönlich an den Webstuhl. In den Zeitraum von 1766-1771 fallen vier Strumpfbestellungen des Königs bei der „Heydweiller'schen Seiden-Strumpf-Fabrique", die

Maria Sybilla von der Leyen als Hochzeitsgeschenk erhalten hatte. Dazu erzählt man sich, um die Sparsamkeit, wenn nicht gar den Geiz Friedrichs II. zu dokumentieren, in Krefeld heute noch folgende Anekdote:

Der sparsame „Alte Fritz"

Eines Tages geriet die Belegschaft der „Heydweiller'schen Seiden-Strumpf-Fabrique" in helle Aufregung. Ein Kurier vom königlichen Hof in Berlin erschien. Mit sich brachte er ein kleines Päckchen, in welchem sich eine mehrfach gestopfte Seidensocke befand. Dabei lag die schriftliche Anweisung des Königs: einen neuen Fuß an das abgetragene Fußkleid anzustricken.

Soweit der Volksmund - der Zustand des Beinkleides machte jedoch ein Anstricken unmöglich. Es ist deshalb wahrscheinlich, dass Friedrich den Strumpf nur als Größenangabe nach Krefeld schickte. In der besagten Fabrik fertigte man umgehend nach den vorgegebenen Maßen mehrere Paar Seidenstrümpfe an und sandte diese nach Berlin. Das Ehepaar Heydweiller erbat sich den Originalstrumpf als Bezahlung. Der König soll sich jedoch großzügig gezeigt und sich mit einem Porzellanservice aus der Berliner Königlichen Porzellanmanufaktur bedankt haben. Die Nachfahren der Seidenfabrikanten Heydweiller übergaben 1995 den Strumpf Friedrichs des Großen als Leihgabe an das Weseler Preußen-Museum. In einer Dauerausstellung zur Geschichte Preußens ist er dort ständig zu betrachten.

Bei seinem zweiten Besuch in Krefeld verlieh Friedrich II. der Familie von der Leyen Monopolrechte für die Seidenproduktion, so dass aufkommende Konkurrenten gezwungen waren abzuwandern.

Damals arbeiteten ca. 4000, etwa die Hälfte aller Einwohner der Stadt, für diese Unternehmer. Die Webstühle waren das Eigentum der Fabrikanten und wurden an die angestellten Weber lediglich ausgeliehen. Gewebt wurde in Heimarbeit. Das Wahrzeichen der Stadt Krefeld ist heute noch das „Seidenweber-Denkmal Meister Ponzelar". Es ist die Statue eines Seidenwebers mit geschulterter Tuchrolle. Unter der Statue ist auf einem Bild, das im Sockel eingelassen ist, ein für damalige Zeiten typisches Weberhaus dargestellt.

Ein weiterer Seidenbaubezirk zur Zeit Friedrichs II. war Hannover, und die 1764 gegründete „Königliche Landwirtschaftsgesellschaft" versuchte sich auch für den Seidenbau in benachbarten Celle einzusetzen. Trotz aller behördlichen Anregung und Unterstützung kam es jedoch hier zu diesem Zeitpunkt zu keiner nennenswerten Seidenproduktion.

Unwissenheit über die Seidenraupenzucht, hoher Arbeitsaufwand, Klima und Krankheiten trugen zum Scheitern des Traums von eigner Seide in Deutschland bei. Nach dem Tode Friedrichs II. im Jahre 1786 und dem Ende des alten Preußen wurde der Seidenbau nicht mehr subventioniert und somit auch die Maulbeerbaumpflanzungen nicht mehr gefördert. Nun war es Privatpersonen erlaubt, anstelle eines Maulbeerbaumes drei gute Obstbäume zu pflanzen.

Dennoch gab es weiterhin private Initiativen. Hier ist vor allem Wilhelm von Türk (1774-1846) zu erwähnen, ein Regierungs- und Landschulrat, der dem „Verein zur Beförderung des Gewerbefleißes" in Preußen angehörte. Er befasste sich unter anderem intensiv mit dem Seidenbau und drei seiner 16 Bücher beschäftigten sich mit diesem Thema. Als Schulrat war ihm die finanzielle Lage der

Landschullehrer bekannt, und es ist amüsant zu lesen, wie er dem „armen Dorfschullehrerlein" zu einem Nebenverdienst verhilft. Er schrieb, der Seidenbau könnte

> *[...] den Schullehrern auf dem Lande, bei dem so geringen Ertrage ihres Diensteinkommens, einen bedeutenden Zuwachs an Einnahme gewähren, welches um so mehr zu wünschen ist, als mir kein anderes Mittel bekannt ist, ihre Lage zu verbessern. Es ist hierbei nicht zu besorgen, dass sie dadurch ihr Amt versäumen würden, denn da das Füttern der Würmer täglich nur vier mal geschieht, so kann es des Morgens vor Anfang der Schule, mittags, nachmittags und abends geschehen, ohne dass der Schulunterricht versäumt wird; auch kann es durch die Familie des Schullehrers besorgt werden, und die ganze Arbeit dauert nur fünf Wochen.*

Auch im übrigen Land schien man von den Seidenraupen begeistert zu sein, und selbst der alte Geheimrat Goethe versuchte in Frankfurt eine Zucht, wovon Johann Wolfgang in *Dichtung und Wahrheit* berichtet:

Aus Goethes Jugendzeit

> *Eine besondere Liebhaberei meines Vaters machte uns Kindern viel Unbequemlichkeit. Es war nämlich die Seidenzucht, von deren Vorteil, wenn sie allgemeiner verbreitet würde, er einen großen Begriff hatte. Einige Bekanntschaften in Hanau, wo man die Zucht der Würmer sehr sorgfältig betrieb, gaben ihm die nächste Veranlassung. Von dort her wurden ihm zu rechter Zeit die*

Eier gesendet, und sobald die Maulbeerbäume genugsames Laub zeigten, ließ man sie ausschlüpfen und wartete der kaum sichtbaren Geschöpfe mit großer Sorgfalt. In einem Mansardzimmer waren Tische und Gestelle mit Brettern aufgeschlagen, um ihnen mehr Raum und Unterhalt zu bereiten: denn sie wuchsen schnell und waren nach der letzten Häutung so heißhungrig, daß man kaum Blätter genug herbeischaffen konnte, sie zu nähren.; ja sie mußten Tag und Nacht gefüttert werden, weil eben alles darauf ankommt, daß sie der Nahrung ja nicht zu einer Zeit ermangeln, wo die große und wundersame Veränderung in ihnen vorgehen soll. War die Witterung günstig, so konnte man dieses Geschäft als ein lustige Unterhaltung ansehen; trat aber Kälte ein, daß die Maulbeerbäume litten, so machte es große Not. Noch unangenehmer aber war es, wenn in der letzten Epoche Regen einfiel: denn diese Geschöpfe können die Feuchtigkeit gar nicht vertragen; und so mußten die benetzten Blätter sorgfältig abgewischt und getrocknet werden, welches denn doch nicht immer so genau geschehen konnte, und aus dieser oder vielleicht auch aus einer anderen Ursache kamen mancherlei Krankheiten unter die Herde, wodurch die armen Kreaturen zu Tausenden hingerafft wurden. Die daraus entstehende Fäulnis erregte einen wirklich pestartigen Geruch, und da man die toten und kranken wegschaffen mußte, um nur einige zu retten, so war es in der Tat ein äußerst beschwerliches und widerliches Geschäft, das uns Kindern manche böse Stunde verursachte.

Erst in den 30er Jahren des 19. Jahrhunderts begann man sich im Königreich Hannover wieder für den Seidenbau zu interessieren, angeregt durch eine private Initiative. Es war **Emilie von Schlepegrell**

(**1805-1860**), für die der Seidenbau Mittel zum Zweck wurde. Diese intelligente, beherzte, adlige Frau sah das Elend von Kindern und armen Leuten und beschloss, sich für diese einzusetzen. Im Jahre 1834 gründete sie mit fünf anderen Damen den „Verein für Armen- und Krankenpflege". Dieser plante den Bau einer Heilanstalt für skrofulöse (an den Drüsen und der Schleimhaut erkrankte) Kinder, und die dazu benötigten Mittel versuchte man durch die Produktion von Seide zu gewinnen. 1837 säte Emilie von Schlepegrell eigenhändig die ersten Maulbeersamen aus und kümmerte sich zugleich um die Pflege der noch vorhandenen Maulbeerbäume aus der Zeit Friedrichs des Großen. Aus einer Akte im Celler Archiv ist zu ersehen, dass die Regierung 1850 für das Projekt 100 junge Maulbeerbäume stiftete. Auch findet man in den Unterlagen wiederholte Gesuche von Frau Schlepegrell an den Celler Magistrat um die Zulassung von Maulbeeranpflanzungen. Ihre Bemühungen waren erfolgreich, und es wurde schließlich eine Seide produziert, die sich in Qualität und Farbe sogar mit der aus Mailand messen konnte. Königin Marie von Hannover soll ein Kleid aus „Celler Seide" getragen haben. Leider wurden 1860 auch die Seidenraupen in Celle von der aus Frankreich kommenden Seuche befallen und im gleichen Jahr verstarb Emilie von Schlepegrell an Krebs. Die verbliebenen Damen des Vereins konnten die Arbeit nicht weiterführen. Und so fand die Seidenproduktion ein vorläufiges Ende. An Frau Schlepegrell erinnern in Celle heute eine nach ihr benannte Straße und das Logo „Emily – die Seidenraupe" der Kinderklinik im Allgemeinen Krankenhaus Celle.

Bis zur Zeit des Dritten Reiches ist über die deutsche Seidenproduktion nichts Wesentliches zu berichten. Ab 1934 gab es in Deutschland Bestrebungen, sich vom Ausland unabhängig zu machen, und für einen eventuellen Kriegsfall brauchte man Seide, genaugenommen Fallschirmseide. Hier rückt Celle wieder in den Mittelpunkt des Geschehens. Im Landkreis Celle gab es seit den frühen 20er Jahren erste Bemühungen, den Seidenbau aufleben zu lassen. Die vorhandenen Maulbeerpflanzungen aus dem vorigen Jahrhundert, initiiert durch Emilie von Schlepegrell, wurden wieder aufgeforstet und gleichzeitig legte man neue an. Im Mai 1928 erfolgte die Gründung der Firma „Seidenwerk Spinnhütte". Während hier ab 1931 zunächst nur Strümpfe, Kleider und andere modische Artikel aus Seide hergestellt wurden, kam nach der Machtübernahme der Nationalsozialisten ein zweiter Produktionszweig hinzu – die Fallschirmseide. Die Spinnhütte Celle erhielt das alleinige Ankaufsrecht für Kokons aus deutscher Erzeugung. In der Bilanz zeigte sich jedoch bald, dass im Land nicht genügend Kokons produziert wurden. Sinnigerweise erinnerte man sich an Friedrich den Großen, der die Schulen für den Seidenbau einspannte. Also erging ein Erlass, dass an Gymnasien Seidenraupen zu züchten seien. Während des Krieges, in Zeiten erhöhten Bedarfs, soll an rund 5000 Schulen der Seidenbau betrieben worden sein. So geschah es auch in Frankfurt am Main. Frau Margret Kessler, Diplom Biologin, traf bei einem Seminar im Naturkundemuseum Senckenberg noch einen Zeitzeugen, Herrn K. Schilling, der ihr netterweise darüber Auskunft gab. K. Schilling war im Jahre 1942 Schüler der 5. Klasse am Realgymnasium „Helmholzschule" in Frankfurt/Main. Er erinnert sich:

In dem Schulgebäude gab es gesonderte lange, schmale Räume, in denen die Raupen gezüchtet wurden. An einer Seite eines jeden Raumes befanden sich in Sektionen unterteilte Holzgestelle. Hier lagen auf einfachen Lattenrosten die Eier, bzw. später die

Raupen, nach Größe sortiert, wobei die dicksten Raupen im unteren Teil lebten. Aufgabe der Schüler war es, die Tierchen zu füttern. Jeden Morgen wurden Säcke mit Maulbeerbaumblättern angeliefert, die von den städtischen Maulbeerbaumalleen stammten. Reichte dieser Vorrat nicht aus, gab es zusätzlich auf dem Schulhof Maulbeerbüsche von ca. 1,5 Metern Höhe, von denen die Schüler Nachschub pflücken mussten. Hier sammelten sie auch besonders zarte Blättchen für die kleineren Raupen. Die wichtigste Aufgabe war es jedoch, die Raupen ständig zu beobachten und dafür zu sorgen, dass immer genügend Blätter vorhanden waren. Herr Schilling erinnert sich heute noch, wie erstaunt er über die Unmengen an Futter war, das die Raupen in kürzester Zeit verspeisten. Daraus ergab sich auch die unangenehmste Aufgabe der Kinder: das Reinigen der „Käfige". Vor dieser Pflicht konnte sich niemand drücken, denn die jüngeren Schüler standen unter ständiger Aufsicht älterer Schüler und der Lehrer. So erhielten sie auch eine Strafe, wenn sie nicht genau aufpassten, wann der Einspinnungsprozess der Raupen beendet war, denn die Kokons durften sich nicht verfärben. Nur weiße Kokons wurden in weiße Säcke verpackt und in eine Spinnerei nach Hanau transportiert. Die Schüler freuten sich nicht, dass Biologie- oder Sportstunden ausfielen, denn die Seidenraupenzucht war ein straff organisiertes, Erfolg forderndes Unternehmen, das keine Fehler erlaubte.

Bei weiteren Recherchen zur Fallschirmseide wurde folgende Kriegsgeschichte zufällig im Internet gefunden:

Als der 2. Weltkrieg begann, wurden in Fallschirmfabriken der deutschen Luftwaffe Tausende von Frauen beschäftigt, die Fallschirme aus wertvoller Fallschirmseide nähten. Das wunderbare Material verlockte zum Diebstahl, und so geschah es, dass einige der Arbeiterinnen nicht widerstehen konnten. Sie träumten in Zeiten der Not von seidener Unterwäsche und stahlen deshalb aus den eingelagerten Fallschirmsäcken bereits fertig verpackte Schirme. Damit der Diebstahl nicht auffiog, stopften sie Abfallmaterial in die Hüllen, die sie dann wieder verschlossen. Wahrscheinlich machten sich die Frauen nicht klar, dass die Folgen für jene Piloten, die einen solchen „Fallschirm" zugeteilt bekamen, tödlich waren. Der Diebstahl fiel nicht auf, solange die Soldaten während eines Luftkampfes über feindlichem Territorium absprangen und starben. Als aber auch auf deutschem Reichsgebiet tote Piloten mit ungeöffneten Fallschirmen geborgen wurden, kam man der Ursache schnell auf die Spur. Die Ermittlungen führten in die Fallschirmfabriken, wo man die Schuldigen schnell identifizierte. Die Frauen wurden umgehend zum Tode verurteilt und hingerichtet.

Eine ebenfalls interessante Geschichte im Zusammenhang mit Fallschirmseide während des 2. Weltkrieges kommt nach 71 Jahren aus England. Dort wurde kürzlich (Frühjahr 2013) während der „BBC Antiques Road Show" ein gestempeltes Stück deutscher Fallschirmseide angeboten. Die Besitzerin, eine gewisse Mrs. Thorp (72 Jahre), hatte dieses Artefakt von ihrer Mutter, Irene Smith, geerbt, die ihr zu dessen Herkunft Erstaunliches erzählte:

In der Nacht zum 10. Mai 1941 flogen deutsche Flieger einen Angriff auf die Stadt Birmingham. Ein Flugzeug dieser Formation, ein Heinkel He III Bomber, erhielt den Sonderauftrag, eine Fabrik in der Ortschaft Longbridge zu bombardieren, da man wusste, dass in diesen Gebäuden englische Lancaster-Bomber produziert wurden. Die Crew hatte die Anweisung, der Bahnlinie Birmingham-Bristol zu folgen, verlor aber die Orientierung und das Flugzeug wurde von der britischen Flugabwehr gesichtet und abgeschossen. Es stürzte in ein Feld in der Nähe der kleinen Ortschaft Earlswood. Pilot Oberleutnant Johannes Speck von Steinberg, Beobachter Feldwebel Fritz Mohn und ein weiterer Soldat kamen bei dem Absturz ums Leben, der Flugingenieur Feldwebel Siegfried Ruhle jedoch überlebte schwer verletzt.

Im Dorf hatte man den Absturz natürlich bemerkt. Schnellstens bewaffneten sich einige unerschrockene Frauen mit Heugabeln, Besen, Stöcken und Scheren und machten sich auf den ca. zwei Meilen langen Weg zur Unglücksstelle. Dort angekommen entdeckten sie den verletzten Siegfried Ruhle, der glaubte, sein letztes Stündlein habe geschlagen. Schnellstens versuchte er in den nahen Wald zu flüchten; doch erstaunlicherweise blieb der Soldat unbehelligt. Die Frauen suchten und fanden auch seinen Fallschirm, bewunderten die feine, weiße Seide und teilten den Schatz auf. Es soll genug gewesen sein, dass jedes weibliche Wesen im Dorf sich seidene Unterhosen nähen konnte. Man munkelt aber, dass einige Frauen sich geweigert hätten, ihren Körper mit Feindesmaterial zu schmücken.

Auch Mrs. Smith nähte sich Unterwäsche. Sie hatte jedoch ein Stück Fallschirmseide erhalten, das in einer Ecke mit deutschem

Text bedruckt war. Diesen Teil wollte sie nun nicht auf ihrer Haut tragen, ihn aber auch nicht wegwerfen. Sie schnitt deshalb besagtes Stück ab und hob es auf. Später vermachte sie die Trophäe ihrer Tochter und erzählte ihr deren Geschichte. Sie berichtete ebenfalls, dass Feldwebel Ruhle ins Krankenhaus gebracht wurde, wo man seine Brandwunden versorgte. Anschließend kam er in Gefangenschaft und kehrte Ende des Krieges nach Deutschland zurück. Die drei toten Soldaten fanden auf dem Friedhof von Earlswood ihre letzte Ruhestätte.

11. Chinesische Seide im Wechsel der Zeiten

Zum Abschluss kehren wir wieder nach China zurück. Die Chinesen hielten jahrhundertelang an ihren traditionellen Verfahren zur Seidenherstellung fest und ließen sich durch nichts von ihrer Routine abbringen, da sie glaubten, es würde Unglück bringen, wenn sie etwas anders machten als ihre Vorfahren. Die Mitglieder einer Kommission aus Lyoner Seidenhändlern, die im Jahre 1895 die Provinz Sezchuan besuchte, damals eine der wichtigsten seidenproduzierenden Gegenden Chinas, trauten ihren Augen und Ohren nicht. Die Seidenbauern waren abergläubisch und verhätschelten deshalb die Raupen wie zu Urzeiten. So wurden zum Beispiel die kleinen Tierchen hermetisch abgeschirmt und durften weder Blitze sehen noch Donner hören, auch musste ein Mensch, der einen Toten oder auch nur eine Schlange erblickt hatte, den Raupen fernbleiben. Dieser Starrsinn, das Verharren in Routine und das Verweigern von Neuerungen brachte es mit sich, dass andere Länder China, das Urland der Seidenproduktion, überflügelten. Die Chinesen mussten ihre Vorrangstellung auf dem Weltmarkt an Italiener und Japaner abgeben.

China öffnete sich auch nur langsam der Industrialisierung. In den zwanziger Jahren des letzten Jahrhunderts entstanden rund um die beiden Exportzentren Shanghai und Kanton zahlreiche Seidenfabriken. Hier brauchte man nun eine große Anzahl billiger Arbeitskräfte, und dazu eigneten sich besonders junge Mädchen aus den umliegenden Dörfern. Politische Unruhen und Naturkatastrophen hatten die Landbevölkerung ausgemergelt, und die Menschen kämpften täglich ums Überleben. So kam es, dass viele arme Bauern eine ihrer Töchter an den Fabrikbesitzer verkauften, manchmal schon im zarten Alter von sieben oder acht Jahren. Das Leben in der Fremde ohne Familienangehörige und die ungewohnte Arbeit und Disziplin waren für die Kinder unsäglich schwer. Im Jahre 1924 befasste sich die „Shanghai Child Labour Commission", die vom Rat der Stadt Shanghai unterstützt wurde und zu deren Mitgliedern auch Sung Mailing gehörte, die spätere Madame Tschiang Kaischek, mit der Kinderarbeit. Man stellte fest, dass sich ein Drittel der in der Hauptsache weiblichen Arbeitskräfte der Seidenspinnereien Shanghais aus Kindern zusammensetzte, von denen viele nicht älter als sechs Jahre alt waren. Die Aufgabe der Mädchen bestand darin, die unbrauchbare Hülle von den Kokons abzulösen. Das musste im Dampf ausgeführt werden, über Wannen mit heißem, beinahe kochendem Wasser. Nicht selten geschah es, dass sich die Kinder dabei verbrühten oder in dem Wasserdampf ohnmächtig wurden. Sie arbeiteten stehend 12 Stunden am Tag und mussten noch 15 Minuten vor den Erwachsenen da sein, um das Material vorzubereiten. Die Mädchen erhielten für ihre Arbeit ungefähr die Hälfte eines Erwachsenenlohnes. Dieses Geld wurde nach Abzug der Kosten für Unterkunft und Verpflegung an die Familie gesandt und rettete oft die Angehörigen vor dem Verhungern.

Gail Tsukiyama schreibt in ihrem Buch *China-Seide*, von der kleinen Pei, die von ihrem Vater ohne Erklärung in einer Seidenfabrik abgeliefert wurde.

Der langgestreckte hohe Raum war heiß und voller Dampf. Der süßliche Geruch der Kokons, deren Fäden sich in kochendem Wasser lösten, stieg auf und hüllte sie ein. Vom stundenlangen Stehen fühlten sich Peis Beine taub an. Ihre Spulmaschine drehte sich schneller und schneller, und hastig nahm sie die Hauptfäden von den Kokons, die in dem Metallbecken vor ihr eingeweicht waren. Aber gerade wenn Pei die Fäden eines Bündels von Kokons miteinander verknüpft hatte, sah sie schon das nächste Bündel voller Kokons vor sich, die auf sie warteten. Sie kam nicht nach, egal wie schnell sie arbeitete, ihre Finger wurden jedes Mal, wenn sie nach einem Faden griff, verbrüht. Pei blickte auf durch den Dampf und sagte etwas zu Lin, die neben ihr arbeitete, aber ihre Stimme verlor sich zwischen den kreiselnden Maschinen, die lauter und lauter kreischten.

Auch einer der vielen Unfälle ist in dem Buch beschrieben:

Aber ihre Freude endete rasch, als am anderen Ende der Abteilung ein hoher durchdringender Schrei ertönte. Weitere Mädchen schrien auf, während Lin in die Richtung des Lärms stürzte. Eine Gruppe von Mädchen stand in der Ecke; ihre Maschinen waren sich selbst überlassen und kreischten ohne die Kokonfäden weiter. Die Schreie waren nun in ein leises Stöhnen übergegangen.... Das Stöhnen wurde lauter. Pei hörte Lin rufen, jemand solle Chang, den Kräuterjungen, holen. Chang kam immer, wenn es in der Fabrik einen Unfall gab. Zumeist handelte es sich nicht um schwere Verletzungen, wenn die Mädchen sich im heißen Wasser oder an den Metallbecken verbrannten. Sofort wichen die Mädchen beiseite, so dass eine Gasse entstand. Pei sah Ming auf dem Boden liegen; Wasser tropfte aus ihren Kleidern. Der Bottich mit kochendem Wasser, normalerweise gesichert auf seinem Karren, war irgendwie umgekippt und Ming hatte nicht rechtzeitig ausweichen können.

Ming lag auf dem Boden, offensichtlich unter großen Schmerzen, und ihre Haut war rot, als habe man sie mit einer groben Bürste malträtiert. Lin beugte sich über sie, stützte ihren Kopf und versuchte ihr beizustehen. Pei erwachte aus ihrer Erstarrung, packte einen leeren Kokonsack und deckte die zitternde Ming damit zu.

Die jungen Mädchen nannte man „mui-mui" (kleine Schwestern), und obwohl sie unter der Trennung von ihrer Familie litten, erwies sich diese Veränderung in ihrem Leben, bedenkt man die Bedingungen ihrer Herkunft, oft als Glücksfall. In der Seidenfabrik hatten sie plötzlich genügend zu essen, sie wurden eingekleidet, lernten zuweilen lesen und schreiben und konnten im Schutz Gleichgesinnter leben. Nach ihrem 14. Lebensjahr stand es ihnen frei, der Gemeinschaft der „sau-hai" (Frauen ohne Männer) beizutreten.

Diese Gemeinschaft der Seidenfrauen ist eine uralte Schwesternschaft, gegründet aus dem Wunsch nach Überleben und Selbstbestimmung. Die Aufnahme jungfräulicher Mädchen erfolgte mit einer Zeremonie, die so sorgfältig vorbereitet wurde wie ein Hochzeitsfest. Mit der Entscheidung, der Schwesternschaft beizutreten, band sich die junge Frau für ihr ganzes Leben an die Gemeinschaft und gelobte, deren Regeln und Bräuche zu befolgen. Die jungen Frauen trugen während der Feier ein langes schwarzes Seidenhemd. Gail Tsukiyama schildert in ihrem oben erwähnten Buch in dem Kapitel *„Frauen, die sich das Haar aufstecken"*, wie Tante Yee, die Leiterin des Schwesternhauses, ihre Adoptivtochter Chen Ling und deren Freundin Ming für das Fest vorbereitet.

Tante Yee lachte nervös. Chen Ling sah zu, wie sie die große Holzbürste vom Tisch nahm und mit den steifen Borsten kurz über die Handfläche strich. Tante Yee trat hinter sie, und Chen Ling spürte die Bürste sanft durch ihr Haar gleiten. Mit jedem Bürstenstrich glättete Tante Yee Chen Lings Haar, verteilte einen Haarfestiger darin, der aus Hobelspänen gemacht wurde, und sang dabei die rituellen Formeln, die Glück, Wohlstand, ein langes Leben und Reinheit des Körpers und der Seele verheißen sollten. Dann teilten Tante Yees geübte Hände Chen Lings Haar in drei Teile und flochten es zu einem festen Zopf. Chen Ling hörte Tante Yee tief einatmen, als sie den dichten glänzenden Zopf hob und zu einem Knoten aufsteckte, der ihre Vermählung mit der Schwesternschaft symbolisierte. Chen Ling betrachtete sich im Spiegel; Wärme durchflutete ihren Körper. Mit hochgestecktem Haar sah sie anders aus, älter und doch heiterer. Tante Yee legte Chen Ling sanft die Hand auf die Schulter und lächelte stolz. Ohne ein Wort trat sie dann hinter Ming und begann dieselbe Zeremonie.

Als der erste Teil der Zeremonie vorbei war, standen Chen Ling und Ming auf und verneigten sich respektvoll und dankbar vor Tante Yee, die sich nun setzte und sich Tee einschenken ließ. Langsam nippte sie an dem heißen Getränk, während Chen Ling und Ming stehen blieben und zusahen. Tante Yee wiederum reichte beiden einen roten Umschlag mit Glücksgeld, mit dem sie ihr neues Leben beginnen sollten. Chen Ling und Ming verbeugten sich erneut und dankten Tante Yee wortreich. Dann gingen sie nach unten in den Leseraum, um vor Kuan Yings Altar Tee einzugießen, Räucherkerzen abzubrennen und ihre Ahnen zu verehren. Am Abend sollte das Festessen mit Familie und Freunden stattfinden.

Nach der Zeremonie waren die Mädchen nicht mehr verpflichtet, ihren Lohn nach Hause zu schicken. Ein Teil ihres Geldes wurde für die Altersversorgung zurückbehalten. Verließen die Schwestern die Seidenfabrik, so waren sie gesuchte Haushaltshilfen in den großen Städten Kanton und Hongkong, denn sie tranken keinen Alkohol und hielten sich genau an die strengen Regeln der Schwesternschaft, führten also auch nicht den Hausherrn in Versuchung.

Den Seidenfabriken war jedoch kein Glück beschieden. Die gezüchteten Raupen erkrankten und im Jahre 1923 waren schon 75-80 Prozent aller Tiere von der Seuche befallen. In dieser Notlage musste man in Frankreich und Italien gesunde Seidenspinnereier kaufen, um eine neue Rasse zu züchten. Den nächsten großen Rückschlag erhielt die chinesische Seidenproduktion zur Zeit des zweiten Weltkrieges. Während der japanischen Invasion wurden 133.400 Hektar Maulbeerbaumpflanzungen verwüstet und mehr als die Hälfte aller Spinnereien durch Bombenangriffe zerstört. So besaß die Stadt Shanghai zur Zeit des größten Wohlstandes 106 Spinnereien mit insgesamt 25.000 Haspeln, im Jahre 1949 gab es nur noch zwei Spinnereien mit insgesamt 348 Kokonhaspeln. Die politischen Verhältnisse bestimmten das weitere Schicksal der Seide. Man sagt, dass die Stoffhändler im ganzen Fernen Osten ihre letzten Reste Shanghai-Brokat verkauften, als die rotchinesische Armee den Yangzi überschritten hatte. Ihr wehmütiger Kommentar: „Das sind die allerletzten schönen Seidenstoffe! Von nun an gibt es keine Lieferungen mehr!"

Zu Zeiten des „großen Steuermanns" Mao Tse Tung kleidete sich das chinesische Volk in grobes, blaues Baumwollzeug und dazu gibt es keine buntschillernden Geschichten zu erzählen.

Diese Mythen, Märchen, Legenden und Geschichten führten zurück in längst vergangene Zeiten. Im 21. Jahrhundert braucht man keine Kamele mehr zum Transport von Seide, denn der Verkehr verläuft auf Bahnschienen, Autobahnen und mit Flugzeugen. Als kostbare Güter transportiert man heute Mineralien, Erze, Gas, Öl und Drogen, und die alten Handelsstädte verwandeln sich rasend schnell in glänzende Metropolen. Die haben ihre eigenen Geschichten.

Nachwort

Mein Dank gilt allen Abenteurern und Forschern, welche die Seidenstraße bereist und davon berichtet haben; ebenso den Wissenschaftlern, die sich mit der Herstellung von Seide befassten und ihre Erkenntnisse veröffentlichten. Die Quellenliste ist lang.

Sehr verbunden bin ich meinen chinesischen Freundinnen. Zuerst meiner ehemaligen Studentin Frau Li Shuang, die mich, ebenso wie bei meinen beiden vorherigen China-Büchern, wieder bei den Nachforschungen unterstützte. Eines Tages meinte sie: „Ich bin Ihre Augen und Ihre Ohren. Wenn ich nichts sehe und höre, dann können Sie nichts schreiben." In der Provinz Guangdong hat Adeline Tarn für mich nachgeforscht, und dort organisierte auch Gu Sharpey meine Reise zu den ehemaligen Seidenmädchen.

Meine Jugendfreundin Frau Professor Heike Doane begleitete den Schreibprozess und bot literarischen Rat. Frederick Doane, ihr Ehemann und ehemaliger Fallschirmspringer, lieferte Insiderinformationen. Diplom Biologin Margret Kessler, Kollegin und Freundin, las Korrektur und brachte enthusiastisch ihr Fachwissen ein. Sie vermittelte auch den Kontakt mit dem Zeitzeugen, Herrn Schilling, für dessen Hilfsbereitschaft ich besonders dankbar bin. Aus Krefeld halfen mit Informationen Frau M. Porsch, die Bibliothekarin des Seidenmuseums, sowie Herr R. Claßen vom Krefelder Heimatverein. In Celle stellt mir das Stadtarchiv Dokumente zur Verfügung. Aufkommende Computerprobleme löste mein Mann und Frau Beate Horlemann lektorierte das Manuskript. Schließlich gab Herr Manfred Brand dem Werk den gebührenden Rahmen. So liefen, gesammelt von vielen Helferinnen und Helfern, Fädchen und Fäden zusammen und bewirkten, dass aus Informationen und Geschichten ein Buch entstehen konnte.

Wenn du nicht sammelst Schritt um Schritt,
Kannst du nicht tausend Meilen gehen.
Wenn sich nicht sammeln kleinste Rinnen,
Wird auch kein Strom, kein Meer entstehen.

Sün-dse (Chinesischer Philosoph 300-230 v. Chr.)

Zeittafel

Entstehung der Seidenkultur im 5. und 4. Jahrtausend v. Chr. Yangshao-Kultur	Archäologische Funde in der Provinz Shanxi
2697 v. Chr. Huangdi, der Gelbe Kaiser, und seine Ehefrau Lei Zu	Die Entdeckung der Seide laut Legenden
16.-11. Jahrhundert v. Chr. Shang-Dynastie	Seidenfragmente auf Bronze-Ritualvasen Seidenraupen aus Jade Schriftzeichen auf Orakelknochen: Seidenraupe, Seide, Maulbeerbaum, Seidenstoff
206 v. Chr. –220 n. Chr. Han-Dynastie	Seide als Handelsware gelangt in die Kulturländer der damaligen Welt
Kaiser Justinian (483-565) 552 n. Chr.	Mönche bringen Raupeneier, Maulbeerzweige und Kenntnisse nach Konstantinopel

7. Jahrhundert	Araber besiegen die Perser und verbreiten die Seide über den gesamten islamischen Herrschaftsbereich im Mittelmeer
13. Jahrhundert	Italien übernimmt die europäische Führung in der Seidenherstellung
15. Jahrhundert	Die Maritime Seidenstraße gewinnt an Bedeutung
Ludwig XIV (1423-1483)	Blütezeit der Seidenproduktion in Frankreich mit Zentrum Lyon
1685 Aufhebung des Ediktes von Nantes	Vertreibung der Hugenotten aus Frankreich – Alle protestantischen Arbeiter im Seidengewerbe müssen das Land verlassen

17. Jahrhundert	Beginn der Seidenproduktion in Deutschland
18.-19. Jahrhundert	Wachsende Industrialisierung
20. Jahrhundert	Produktion von Fallschirmseide
21. Jahrhundert	Wichtigste Seidenproduktionsländer sind China, Japan, Korea, Indien

Quellenverzeichnis

In deutscher Sprache:

Baricco, A., „Seide", Piper Verlag, München, Deutschland 1997
Baumann, B., „Abenteuer Seidenstraße", National Geographic, Frederking & Thaler, München, Deutschland, 2005
Borries v. M., „Die weiße Tara / Wencheng - Chinesische Prinzessin Tibetische Königin", Logophon, Mainz, Deutschland, 1998
Borries v. M., „Tochter der Gelben Erde / Jincheng – Chinesische Prinzessin Tibetische Königin", Logophon, Mainz, Deutschland 2005
Boulnois, L., „Die Straßen der Seide", Paul Neff Verlag Wien, Berlin, München, 1964
Drège, J.-P., „Marco Polo und die Seidenstraße", Ravensburg: Maier, Deutschland, 1992
Drège. J.-P. & Bührer, E. M., „Seidenstraße", vgs, Verlagsgesellschaft, Köln, Deutschland, 1986
Fazzioli, E., „Des Kaisers Apotheke", Weltbild Verlag GmbH, Augsburg, Deutschland, 2000
Galler,Ch., „Die Spinnhütte Celle im Nationalsozialismus", Verlag für Regionalgeschichte, Bielefeld, Deutschland, 2012
Geng, Mo, „Chinesische Stoffarbeiten", China International Press, Beijing, China, 2009
Goethes Werke in zwölf Bänden, Achter Band, „Aus meinem Leben. Dichtung und Wahrheit", Erster und Zweiter Teil, Aufbau-Verlag Berlin und Weimar, Deutschland, 1974
Guter, J., „Lexikon der Götter und Symbole der alten Chinesen", Marix Verlag, Wiesbaden, Deutschland; 2004

Hahn, S., „Seidenmalerei als Kunst und Hobby", Falken-Verlag, Niedernhausen/Ts., Deutschland, 1987/1991
Hedin, S., „Durch Asiens Wüsten", F. A. Brockhaus, Wiesbaden, Deutschland, 1969
Hedin, S., „Der wandernde See", F. A. Brockhaus, Leipzig, Deutschland, 1942
Heilmeyer M., Seiler M., „Maulbeeren zwischen Glaube und Hoffnung", vacat Verlag, Potsdam, Deutschland, 2010
Hesse, H., „China-Weisheit des Ostens", Suhrkamp Verlag, Frankfurt/Main, Deutschland, 2009
Hopkirk; P., „Die Seidenstraße", List Verlag, München, Deutschland, 1986
Klimkeit, H.-J., „Die Seidenstraße", DuMont Verlag, Köln, Deutschland,1988
Lange, F., „Geheimnisvolle Karawanenwege im Herzen Asiens", Bruckmann Verlag, München, Deutschland, 1999
Lehmann, I. (Hg.), „Frauen aus dem Celler Land", Ströher Verlag KG, Celle, Deutschland, 2004
Leicht, H. D. (Hg.), „Ibn Battuta, Reisen ans Ende der Welt 1325-1353", Erdmann Verlag, Tübingen, Deutschland, 1974
Marco Polo, „Il Milione – Die Wunder der Welt", Manesse Verlag, Zürich, Schweiz, 1983
Mervin S., „Die Seidenstraße", Krüger Verlag, Hamburg, Deutschland, 1951
Messerli, B. (Hg.), „Seide. Zur Geschichte eines edlen Gewebes", Zürich, Schweiz, 1985
Pelz, J., „Usbekistan entdecken", Trescher Verlag, Berlin, Deutschland, 2007

Qiu Huanxing, „Sitten und Gebräuche in China", Verlag für fremdsprachige Literatur, Beijing, VR China, 1992
Regau, Th., „Chinesische Seide", Heliopolis-Verlag, Tübingen, Deutschland,1950
Reza u.a., „Der verborgene Buddha", Knesebeck Verlags KG, München, Deutschland, 2003
Riedel, J., „Das italienische Seidengewerbe im Spätmittelalter", GRIN Verlag, Deutschland, 2009
Schild, M., „Blaue Karawane: Entlang der Seidenstraße", Verlag H. Schiler, Berlin, Deutschland, 2003
See, L., „Der Seidenfächer", Bertelsmann Verlag, München, Deutschland, 2005
Timmermann, I., „Die Seide Chinas", Diederichs Verlag, Köln, Deutschland, 1986
Tsukiyama, G., „China-Seide", Droemersche Verlagsanstalt, Th. Knaur Nachf. , München, Deutschland, 1993
Tsukiyama, G., „Wege der Seidenfrauen", Europa Verlag, Hamburg, Deutschland, 2000
Türk, W. v., „Vollständige Anleitung zur zweckmäßigen Behandlung des Seidenbaues", Leipzig, Deutschland, 1835
Uhlig, H., „Die Seidenstraße", H+L Verlag, Köln, Deutschland, 1998
„Wer die Maus unterm Arm kitzelt" Taschkent Uzbekiston, Usbekistan, 1995
Wilhelm, R., „Die Seele Chinas", marixverlag, Wiesbaden, Deutschland, 2009
Wood, F., „Entlang der Seidenstraße", Konrad Theiss Verlag, Stuttgart, Deutschland, 2007
Yamashita, M. & Lindesay, W., „Die chinesische Mauer –

Geschichte und Gegenwart eines Weltwunders", Knesebeck Verlag München, Deutschland, 2008

Yuan, J., „Traditionelle chinesische Kleidung", Verlag für fremdsprachige Literatur, Bejing, 2007

Artikel:
Meyer-Rasch,C., „Celle und die Seidenhäuslein", in „Niedersachsen", Monatschrift für Kultur- und Heimatpflege, 41. Jahrgang, Februarheft 1936
Thönnissen,K., „Das schöne Männerbein", Jahrbuch „Die Heimat" 83/2012, Krefeld
Senger, D., „Gute, Böse und Krefelder dank Friedrich, dem Großen", Jahrbuch „Die Heimat" 83/2012, Krefeld

In englischer Sprache:

Feltwell, J., "The Story of Silk", Alan Sutton Publishing, Stroud, England, 1990
Galloway, P. & Hunter, D., "Adventures on the Ancient Silk Road", Annick Press, Buffalo, USA, 2009
Gilchrist, Ch., "Stories from the Silk Road ", Barefoot Books, Cambridge, MA, USA, 1999
Gunderson, J., "Stranger on the Silk Road", Picture Window Books, Mankato, USA, 2009
Hammers, R. L., "Pictures of Tilling and Weaving", Hong Kong University Press, Hong kong, China, 2011
Heyer, M., "The Weaving of a Dream", Viking Penguin Books, New York, USA, 1986

Levathes, L., " When China Ruled the Sea - The Treasure Fleet of the Dragon Throne", Oxford University Press, New York, USA, 1994
Major, J. S., "The Silk Route – 7000 Miles of History" Harper Collins Publishers, New York, USA, 1995
Mao Dun, "Spring Silkworms", The Chinese University Press, Hong Kong, China, 2004
Marx, T., **"**Elephants and the Golden Thrones", HNA, New York, USA, 2008
Menzies, G., "1421 The Year China discovered America", Harper Parennial, New York, USA, 2004
Menzies, G., "1434 The Year a Magnificent Chinese Fleet sailed to Italy", Harper Parennial, New York, USA, 2008
Namioka, L., "Ties that Bind, Ties that Break", Delacorte Press, New York, USA, 1999
Scott, Ph., "The Book of Silk", Thames & Hudson, London, England, 1993
Series: Panoramic China „Shaanxi Glories and Dreams", Foreign Language Press, Beijing, China 2006
Stefoff, R., "The Asian Empires", Benchmarks Books, Marshall Cavendish, New York, USA, 2005
Thomson, P., "The Silkworm Mystery –The Story of Louis Pasteur", MacDonald Young Books, Hove, England, 1998
Thubron, C., "Shadow of the Silk Road", Harper Collins, New York, USA, 2006
Vainker, Sh., "Chinese Silk – A Cultural History", The British Museum Press, London, UK, 2004
Wang, M. & Shi B., "Tracing Marco Polo's China Route", China International Press, 2004

Whitfield, S., "Life Along the Silk Road", University of California Press, Berkley, USA 1999

Xinrui, L., "The Silk Road in World History", Oxford University Press, New York, USA, 2010

Zhang, Yiping, "Story of the Silk Road", China International Press, Beijing, China, 2009

Heide-Renate Döringer, Dr. phil., geboren in Guben/Niederlausitz, aufgewachsen als Halbwaise im Hunsrück. Schule und Studium zur Volksschullehrerin in Rheinland-Pfalz. 1967 freiwillig aus dem Beamtendienst ausgeschieden und seitdem Sprachlehrerin an einer internationalen Schule. Ab 1991 nebenberuflich Beginn eines Aufbaustudiums an amerikanischen Universitäten, 1998 Promotion in Linguistik mit einer Dissertation über Kinderliteratur im Fremdsprachunterricht. Anschließend Studium am Institut für Kreatives Schreiben, Berlin, mit der Ernennung zur Poesiepädagogin (2004). Im Juni 2004 Beendigung der Unterrichtslaufbahn an der Frankfurt International School. Bei der Verabschiedung vom Verein Europäischer Internationaler Schulen Verleihung des „Award for the Promotion of International Education", eine Auszeichnung für ihre Bemühungen um internationale Erziehung. Im Ruhestand befasst sich H.-R. Döringer mit chinesischer Kultur und bereist China so oft wie möglich, um vor Ort ihre Kenntnisse zu vertiefen. Im Frühjahr 2008 unterrichtete H.-R. Döringer als Gastdozentin an der Fremdsprachuniversität in Xi'an / China.

Lyrikveröffentlichungen in Anthologien und als Einzeltitel

"Damals" Haiku-Gedichtband im Selbstverlag, 1999

"Mit wechselnden Gefühlen" Gedichte Edition L, 2002

"festgehalten" Gedichte und konkrete Poesie, aktuell Verlag für Literatur der Gegenwart, 2003

"Lebertran, pfuideiwel!" Eine Kindheit im Hunsrück von 1945-1953, Pandion Verlag, Simmern, 2005

"Der Himmel liebt Menschen, die gerne essen" Eine kulinarische Reise durch China mit Gerichten und ihren Geschichten, Horlemann Verlag, 2009

"Himmlische Mächte und irdische Feste" Durch das chinesische Mondjahr mit Mythen, Märchen und Legenden, Horlemann Verlag 2011

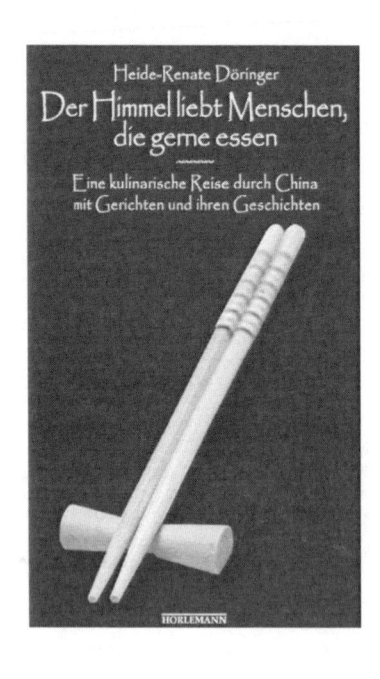

Heide-Renate Döringer

Der Himmel liebt Menschen, die gerne essen

Eine kulinarische Reise durch China mit Gerichten und ihren Geschichten

180 Seiten, Broschur, zahlr. s/w-Fotos u. Karten,

ISBN 978-3-89502-281-4

Wie kommt es, dass ein aufwendig zubereitetes, köstliches Mahl „Bettlerhuhn" heißt? Was kann sich hinter „Buddha springt über die Mauer" verstecken? Die große Bedeutung des Essens für die Chinesen und der poetische Name vieler Speisen wecken Neugier. Und so beschloss die Autorin, sich mit diesem Thema näher zu befassen. Sie machte sich auf die Suche nach Volksmärchen, Legenden und Anekdoten, Redewendungen und Sprichwörtern, die von den Grundnahrungsmitteln der Chinesen und vom Ursprung oder geschichtlichen Hintergrund bestimmter Gerichte erzählen.

Heide-Renate Döringer

Himmlische Mächte und irdische Feste

Durch das Mondjahr mit Mythen, Märchen und Legenden

208 Seiten, Broschur, zahlr. s/w-Fotos u. Karten,

ISBN 978-3-89502-314-9

Das kulturelle Leben aller Chinesen ist geprägt durch traditionelle Feste, die sich nach dem Mondkalender richten. In jedem Mondmonat werden von Han-Chinesen und ethnischen Minderheiten unterschiedliche Feste gefeiert. Diese wurzeln meist in der Landwirtschaft, da China Jahrtausende lang ein Agrarland war. Eine reichhaltige Ernte und das Ausbleiben bzw. das Überwinden von Naturkatastrophen waren lebensnotwendig.

Das Buch erzählt mit Mythen, Sagen und Volkserzählungen vom chinesischen Mondkalender und den Tieren des Zodiaks. Es berichtet vom Glauben an einen himmlischen Pantheon, in dem eine Vielzahl von Göttern herrscht, von Ungeheuern und Plagen, welche die Menschheit heimsuchen, und von Ritualen, mit deren die Hilfe die Geister besänftigt und die Gunst der Götter beschworen werden. Die von Generation zu Generation weitergegebenen Geschichten schenken dem Leser interessante Einblicke in eine mythische, farbenfrohe Welt, jenseits des schnellen Fortschritts und der Staatsmacht.